Fig. 55
Fig. 57
Fig. 5
Fig. 75
Fig. 7
Fig. 72
Fig. 85
Fig. 86
Fig. 87
Fig. 101
Fig. 100
Fig. 102
Fig. 99
Fig. 98
Fig. 119
Fig. 121
Fig. 117
Uranus
Ceres
Merkur
Pallas
SONNE
Erde
Mond
Mars
Venus
Saturn
Fig. 132
Fig. 127
r=ab
x=an
Fig. 37
Fig. 133
Fig. 135
Mond
Erde

科學偵探謎野真實02

科學偵探vs.受詛咒的校外旅行

目次

本書的閱讀方式

故事分為「事件篇」與「解謎篇」。請與主角們一起解謎，揭開事件真相。所有提示都在書中的文字和插圖裡。

前情提要

謎野真實為了找尋失蹤的父親謎野快明的下落，從福爾摩斯學園轉學到花森小學就讀。他與同班同學宮下健太陸續解開學校流傳的七大不可思議之謎，並從校長手中得到父親失蹤前託付的一封信。

登場人物

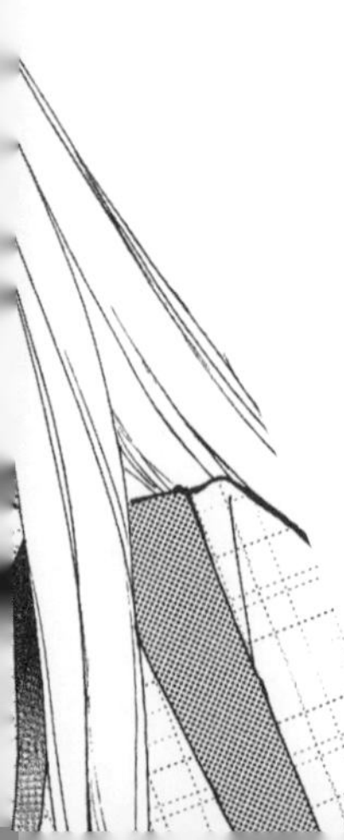

宮下健太

就讀六年二班，成績與運動的表現平平，人稱「中庸先生」。膽子雖然小，卻很熱愛懸疑與神祕的事物。與謎野真實是好朋友。

大前老師

六年二班班導，也是自然科學社團的顧問，熱衷於各種神祕的生物。

濱田老師

六年級的學年主任，學生都叫他「濱老」。不太懂得察言觀色。

河合老師

六年一班班導，有著一頭輕柔的長捲髮和一雙大眼，人稱「花森小學女神」。

杉田一

六年二班班長，同學叫他「認真杉」，對於規矩遵守非常要求。

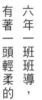

謎野真實

來自精英偵探培訓學校「福爾摩斯學園」的轉學生，就讀六年二班。IQ200，擁有清晰的頭腦與廣泛的科學知識，抱持著「沒有科學解不開的謎團」的信念。

山田綾（右）鈴木薰（中）田中悠子（左）

六年一班的女子三人組，喜歡聊八卦與湊熱鬧。

青井美希

就讀六年一班，擔任花森小學新聞社社長，主張「挖掘新聞就是我的使命」，對於採訪能力與拍攝技術相當具有自信，有時候好像有點妄想症。與宮下健太是青梅竹馬。

花森小學即將舉辦四天三夜的校外旅行，一起創造更多愉快的回憶吧！

日程表

第1天

少女幽靈出沒！

上午 在學校集合。（請遵守規定的集合時間）各班分別搭乘遊覽車出發。抵達京都，參觀清水寺。

下午 參觀保有老街風貌，以紡織聞名的西陣後，自由活動。

附近有座可讓死者復活的橋？

【住宿：美龍仙旅館】是間歷史悠久的旅館，館內提供京都盛產食材製作的美味餐點，附設的溫泉大浴場也非常有名。

第2天

上午 參觀特別開放秋季參拜的相國寺後，自由活動。

附近有間能夠聽見鬼諭示的寺院？

下午 參觀知恩院後，前往圓山公園休息。

【住宿：美龍仙旅館】

精選

清水寺
建於西元八世紀，是京都最古老的寺院之一。從著名的「清水舞臺」望出去的景色令人震撼。

精選

相國寺
天花板上稱為「鳴龍」的畫作遠近馳名，傳說只要對著龍拍手，就會發生某件事！

有些班級晚上將舉辦試膽大會。

聽說庭園的水池有個傳說？

第3天

上午　從貴船健行至鞍馬。

下午　**【住宿：小池莊】**旅館裡有座日式庭園，水池裡的鯉魚自在優游。

第4天

上午　打包行李，離開旅館。前往禮品店購買名產後，搭乘遊覽車離開京都。

下午　抵達學校後解散。

精選

貴船神社
祭祀水神的神社。在祈求姻緣方面十分知名，神社的籤紙非常罕見。

深秋的某天，一輛遊覽車行駛在能夠看見滿山楓紅的高速公路上。

「好！現在請各位欣賞老師愛歌排行榜第十名的歌曲。」

遊覽車上，綽號「濱老」的學年主任濱田老師手握麥克風高歌，這已經是他唱的第十首歌，六年二班的班導大前老師聽得享受，但學生們早已感到厭倦。

「真實，我昨天只睡了八個小時。」

在這樣的氣氛下，活力十足的宮下健太對坐在隔壁的謎野真實說。

「八個小時？你睡得真飽。」

「你說什麼傻話！我一天得睡滿十個小時才行。」

健太的眼中盡是雀躍，手中緊握著一本被捏得皺巴巴的「旅行規畫筆記本」。

「我一直很期待這次的校外旅行。」健太滔滔不絕的說。

花森小學的六年級學生，正在前往校外旅行的途中，目的地和往年一樣都是京都。

「除了『旅行規畫筆記本』，我還帶了這個！」

健太開心的把寫著「京都觀光手冊」的指南書秀給真實看。

「你特地買的嗎？」

「對啊！我前前後後已經看了一百遍了。」

「一百遍……」

真實無奈的輕嘆了一聲，視線落向自己的手，握在手中的是一張照片。

前幾天解開「學校七大不可思議」最後的謎團時，林村校長交給真實一個信封，這張照片就

裝在信封裡。

信封是真實失蹤的父親謎野快明事先託付給校長的，裡頭就只裝著一張照片。

「這張照片真叫人好奇……」

照片的背景是夜晚的戶外某處，漆黑的夜空，無數的星星閃爍著，真實的父親站在盛開的櫻花樹前。

「櫻花盛開……表示這張照片是在春天拍攝的吧？」

「嗯，應該是。」

「究竟是在哪裡拍下這張照片的呢？」

「我也不清楚。不過，只要查出這點，或許就能找到我父親失蹤的線索。」

真實的父親之所以把照片託付給校長，推測也是為了這個目的，因

此真實更想要盡快解開這個謎團。

「哇啊！」車上傳來尖叫聲。

只見坐在前面座位的幾個女同學指著窗外大叫。

「怎麼了？」

濱老匆忙跑向女同學的身邊，但仍然手握麥克風。

「老師，有飛碟*！」

「飛碟？怎麼可能有那種東……哇啊！」

濱老看向窗外，的確有個類似飛碟的圓盤狀物體飄在半空中。

「這……怎麼可能！一定是夢。啊！痛痛痛。」濱老捏了捏自己的臉頰。

遊覽車上的同學們也開始喧譁。

「沒想到居然能看到真正的飛碟。」

健太緊握手中的「旅行規畫筆記本」，臉上浮現笑容。

「一定是因為快要抵達京都，才會出現這麼不可思議的現象。京都過去被稱為『魔都』，聽說發生過許多神祕事件。」健太興奮的說。

這時，真實卻開了口：「這並不是什麼神祕現象。」

「咦？什麼意思？」

*飛碟：也被稱為幽浮、UFO（Unidentified Flying Object，意思是「不明飛行物」），泛指不知來歷和構造的空中飛行體。

「那個不是飛碟，而是『莢狀雲』。」

「莢狀雲？」包括健太在內的所有同學，全都看向真實。

真實眺望窗外，指著遠處可見的一座山。

「看到那座山了吧？當潮溼的空氣經過山脈上空時，溫度下降，空氣中的水分就會凝結成『莢狀雲』。」

「你的意思是那個飛碟只是朵普通的雲？」健太問。

真實點點頭，說：「這世上沒有科學破解不了的謎團。」

「真實真是厲害，佩服佩服。」大前老師開心的笑著。

身為自然科學社團顧問的大前老師似乎也知道莢狀雲。

「我……我也知道是莢狀雲啊！嗯，當然是莢狀雲。」濱老連忙停下捏臉頰的動作這麼說。

「老師……」

同學們全都望向濱老，但忍不住翻白眼。

下一秒，真實突然凝視著手上的照片。

「這張照片或許也有必須利用科學破解的謎團。」

真實的父親是福爾摩斯學園的自然老師，也是位天才科學家，把這張照片交給真實的用意，或許就是希望真實能破解照片背後的謎團。

「既然如此，我就趁著這次的校外旅行時好好想想，我一定要破解這個謎團。」

真實下定決心後，小心翼翼的將照片收進口袋。

死者復活之橋

受詛咒的校外旅行1

事件篇

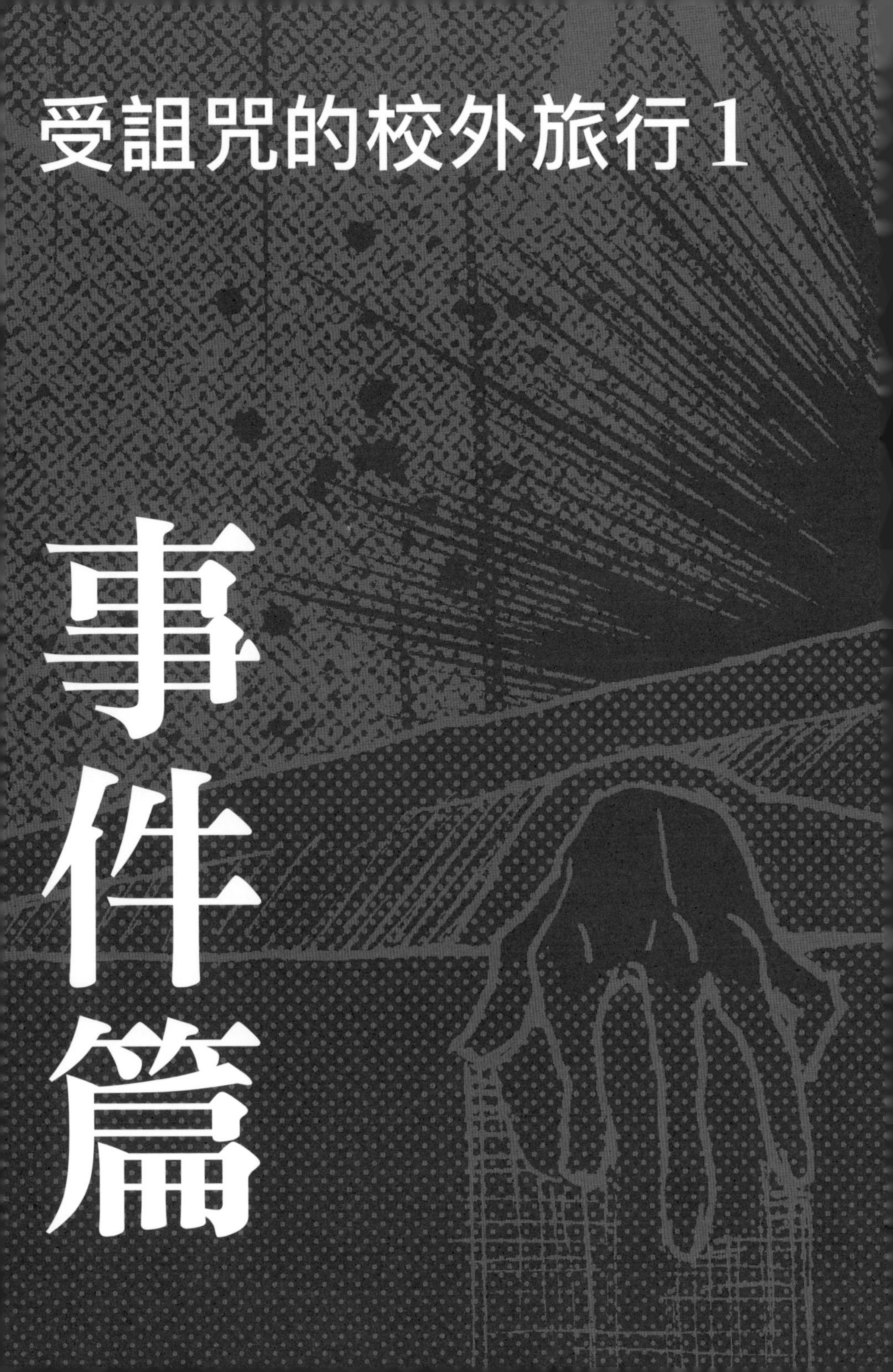

載著花森小學學生們的遊覽車，抵達此趟旅程的第一個目的地——清水寺。

學生們來到清水舞臺，放眼望去是一整片遼闊的京都街景。

「哇！好高。」

健太扶著欄杆，小心謹慎的俯瞰著。

「你們聽過『從清水舞臺往下跳*』這句話嗎？如果真的跳下去，肯定不只骨折吧？」

聽到健太這麼說，六年一班的青井美希笑了出來。

「健太真的從小就是個膽小鬼。」

「你還敢說我，你自己還不是嚇到

*從清水舞臺往下跳：在西元十七～十九世紀廣為流傳的一個迷信，聲稱「向觀音祈禱後跳下清水舞臺，不但不會受傷，還能實現願望」。據說當時有相當多人嘗試，據清水寺留下的紀錄顯示，跳下舞臺後存活的比例大約是百分之八十五。後來延伸意指為「下定決心，豁出去做某件事」。

發抖？」

「我是冷到發抖，別把我和你混為一談！」

雖然還是秋天，但這天的京都卻已經有著彷若隆冬的寒意。學生們個個在寒風吹拂的清水舞臺上冷到打顫，無法好好的欣賞美景；只有真實穿著平常那件斗篷，做足了禦寒準備。

「真羨慕你穿了斗篷，看起來好暖和……」健太說。

「昨晚的電視新聞提到，今天近畿地區的氣溫急速下降，京都最低溫將會降到攝氏五度。這種程度的準備也是理所當然。」真實語氣冷漠的回答。

這時，三人身後傳來獨特又安穩的嗓音。

「各位同學，清水寺有很多值得一看的地方。其中最知名的就是這座清水舞臺。舞臺高度從崖下算起，大約是十八公尺，在京都可是數一數二的景點。」

正在為眾人說明的是河合老師。

河合老師是美希她們六年一班的導師，一雙明亮的大眼楚楚動人，學生們為她取了個封號——花森小學女神。

健太他們的班導大前老師往這邊走了過來。

「不愧是河合老師。你大學專攻的是歷史，所以對京都這個城市的資訊非常熟悉吧？」

「你太誇獎我了！大前老師。」河合老師雙頰緋紅，不好意思的笑著說。

河合老師三年前從別所學校調任到花森小學，一直偷偷暗戀著大前老師。

「這次的校外旅行，由我負責規畫路線，了解這些知識很正常。」

河合老師甩了甩柔軟的長捲髮，低下頭繼續介紹。

「清水寺也因為祈求良緣而出名，裡頭還有供奉幸福良緣之神的地主神社，以及祈求戀愛成功的首振地藏……」

「老師，抱歉在你說話時打岔，我們是不是該去下一個景點了？」

「哦？」

河合老師抬起頭，在她面前的是綽號「認真杉」的杉田一。

他是六年二班的班長，一位立志恪守紀律的學生。

「咦？大前老師呢？」

河合老師眨了眨眼，詢問杉田一。

「他說發現珍貴的蜘蛛，就往那邊走了。先別管大前老師，按照預定參觀的時間反推，我們在清水舞臺只能夠停留七分鐘，現在已經超過三分鐘了。」

「哎呀！我只顧著講話，一個不留神……」

河合老師手捧臉頰，對著學生們說：「那麼，同學們，我們移動到正殿去吧！」

健太老早就想要離開這個寒風吹不停的清水舞臺，聽到這番話，忍不住在心中歡呼。

（杉田一平常雖然囉唆，不過今天真的很感謝他的雞婆。）

杉田一突然回過頭，狠狠瞪向健太、真實和美希三人。

「你們三個！接下來的參觀行程是以小組為單位團體行動，不要擅自離開。」

「是、是、是。」

下一秒，真實和美希迅速離開，只剩下健太留在原地，面對杉田一的喋喋不休。

（我收回剛才的話。杉田一果然是個囉唆鬼。）

健太不耐煩的心想。

這天下午的行程是參觀西陣這個小城。

「喀鏘！喀鏘！」

街道建築裡傳來別有一番風情的紡織機聲響。

河合老師一邊走，一邊介紹著西陣。

「西陣是眾所周知的紡織之城。你們知道嗎？供奉安倍晴明的晴明神社也在這裡。」

河合老師說完，早把「旅行規畫筆記本」預習到殘破不堪的健太立刻回應：「啊！晴明神社，我知道。」

「看來健太有事先做功課呢！是的，西陣這裡也是有名的『陰陽師之城』。」

「陰陽師？」

健太頓時愣住，趕緊小聲詢問走在一旁的美希。

「『陰陽師』是什麼？是寺院的名稱嗎？」

「完全答錯。」美希回答著。

「陰陽師就是……嗯，以現在的說法，就是指超能力者吧？」美希試著解釋。

「超能力者？」

「距今一千多年前，京都被認為是個充滿鬼怪、怨靈等非常神祕的地方。陰陽師就是負責保護京都，遠離那些不祥邪物的人。」美希繼續往下說。

「哦。」

「其中，安倍晴明更是個能力超群的陰陽師，不但實力堅強，能夠對付並趕跑惡靈，還能使用『泰山府君*』之術，讓死者復活。」美希刻意放大音量。

「安倍晴明真是厲害！」健太感到熱血沸騰。

（如果我是安倍晴明……）

健太的腦海中出現了畫面，他沉醉在自己是電玩主角般對抗惡靈的想像裡。

「那種事只會出現在小說中。」一旁的真實喃喃細語。

「咦？」健太露出疑惑的表情。

「一般大眾熟知的陰陽師安倍晴明，其實是個天文學家，也是個科學家。」

*泰山府君：據說是位住在中國泰山，掌管人類生死的神明，受陰陽師所供奉。

「那對抗惡靈……」

「不就是個傳說罷了！距今一千多年前，百姓認為疾病和災難都是惡靈作祟。對於生活在那個時代的人來說，擁有豐富科學知識的安倍晴明十分神祕，就像擁有超能力一般。至少我是這樣解讀的。」真實一如往常的冷靜。

（科學家啊……）

健太想像中，那張化身成安倍晴明的臉孔，從自己的臉變成了真實的臉。

想到真實口中的安倍晴明，似乎更接近事實的真相，健太忍不住唉聲嘆氣。

結束西陣的團體參觀行程之後，緊接著是眾人期待已久的自由活動時間。

「兩個小時後集合！集合時間前五分鐘必須回到這裡。還有，各位別忘了，要小組行動。」

杉田一重複著老師說過的話，並轉述給其他同學聽，語氣認真又正經八百。

「喂。」美希來到健太和真實身旁。

「我想去個地方，你們要跟我一起來嗎？」美希故意壓低音量，小聲的說。

「你要去哪裡？」真實問。

「一條歸橋（戻橋）。」

聽到美希的回答，健太立刻說：「我知道！那裡距離晴明神社步行約一百公尺，《京都觀光手冊》上有提到。」

「據說那座橋能讓死者復活。你們想親眼見證傳說的真假嗎？」美希啟動記者般的雷達。

「嗯……我要去、我要去！」

相較於健太的興致高昂，真實的反應卻很冷淡。

「不好意思，我沒空陪你們，我還有其他事必須處理。」真實嚴肅的說。

為了解開父親的照片之謎，真實打算獨自行動。

然而，就在真實準備轉身離開時，健太和美希衝上前，挽起他的兩條手臂。

「別說那種話嘛！我們一起走，好嗎？」

「我說了我沒空……啊！」

真實被健太和美希架起，一起前往一條歸橋。

「這就是能夠讓死者復活的橋啊！」真實有點諷刺的說。

那是一座跨越鬧區小河，隨處可見的小橋。

「這座橋看起來……似乎特別新？」健太感到有些失望。

「與新舊無關，橋跨過的地方才是重點。這裡在一千年前，頻頻發生神祕現象，聽說真的有人走過這座橋後就活過來了。」

美希不悅的反駁，並開始述說這座橋的傳說。

「西元八至十二世紀，一位在山裡修行的和尚名叫淨藏，他得知父親病危，希望在父親臨死前能夠見上一面，所以一心一意奔向父親所在的京都。」

「然後呢？他見到父親了嗎？」

「當他終於抵達京都，來到這座橋時，對面來了一列送葬的隊伍，抬棺的都是他的親戚……」

「他的父親……」

「淨藏來不及見到父親的最後一面，趴在棺木上痛哭失聲，祈求父親能夠重新活過來。」美希專注的說著，語氣就像是

在演戲。

「這時，原本晴朗的天空突然烏雲密布，雷聲轟隆隆的響起，棺木的上蓋發出『咚咚咚、喀答喀答、啪』的聲響……」

「咿！」健太忍不住摀住耳朵。

「眼前居然——」

美希越講越激動，稍微停頓後，深吸一口氣，準備說出結局。

「總之，他的父親復活了，對吧？」真實面無表情的說。

「這裡有寫。」

真實指著面前的指示牌，上面寫著美希剛剛才說過，關於一條歸橋的傳說。

說到一半的故事被打斷，美希非常不高興。

但她旋即嚥下怨氣，雙眼閃爍著說：「嘿！你們不覺得這種情況像是奇蹟嗎？」

「不覺得。這個情況可以用科學解釋，並不是什麼奇蹟。」真實冷漠的說。

「世界各地經常發生死而復生的事。這位和尚的父親大概是陷入假死的狀態，因為過去的醫學不夠發達，把這種狀態誤診為死亡，不也是挺多的嗎？」

「所以並不是因為走過這座橋而復活？」

健太沒注意到美希面有慍色，反問真實。

「對！一切只是巧合。」真實肯定的說。

「原本假死的和尚父親，碰巧在行經這座橋時醒了過來，這故事經過加油添醋，就變成了『死者經過這座橋就會復活』的傳說。」真實為此傳說下了結論。

「唉！真是的，真實。你什麼都要講到科學，實在是一點浪漫情懷都沒有。」

原本熱烈的氣氛遭到破壞，美希忍不住嘆氣。

就在這時，一個小女孩來到橋頭。

小女孩大約七歲，手裡拿著一個裝著倉鼠的小籠子，但倉鼠此刻卻動也不動的仰躺著。

「拜託……活過來……」小女孩停下腳步，看著籠子裡的倉鼠說。

說完，拿著籠子準備過橋。

「喂！你們看……」

「她該不會是想要讓那隻死掉的倉鼠復活吧？」

聽到美希這樣說，健太和真實看向小女孩。

小女孩緊咬著嘴唇，臉上滿懷希望。

下一刻，幾個與她年齡相仿的小男孩湊了過來，圍住她。

「別傻了！」

「你真的以為這樣做倉鼠就會復活嗎？」

「我奶奶說，這座橋是『死者復活之橋』。」

「那只是迷信啦！」

「對啊、對啊！這都是騙人的，怎麼可能走過這座橋，死了的就會復活？」

小男孩們大聲嘲笑著女孩。

「會！絕對……會復活……」小女孩奮力反駁，忍不住哭了出來。

「那個小女孩真可憐。真實，你用你最擅長的科學，想想辦法幫她吧！」

美希回頭看向真實和健太。

「怎麼幫？即使有科學的力量，也不可能讓死掉的動物復

活。」真實平靜的回答。

「你這個人真的是……」美希噘著嘴，一副不滿的樣子。

「啊！」健太突然大叫。

「等一下！我有個好辦法。」

健太跑向河邊的草叢，雙手捧著些枯葉回來。

「你拿枯葉做什麼？」美希一臉莫名。

「你別管！交給我就是了。」

健太拿著枯葉，走向圍住小女孩的男孩們。

「這座橋真的有神力。你們看！我現在就要走過這座橋，讓枯葉復活。」健太對男孩們說。

「讓枯葉復活？」

「什麼意思？」

「就是……我要讓枯葉像有生命一樣動起來。」

「什麼？」

「不可能！」

男孩們像看到傻瓜般的看著健太說。

健太不以為意的走上橋，當走到橋中央時，他停下了腳步。

「醒來！快醒來！」健太對著枯葉念起咒語。

過了一會兒，健太手中的枯葉竟然真的動了起來。

「不會吧？」

男孩們衝上前，看著健太手中的枯葉。

突然，枯葉振翅飛向男孩們的頭頂。

「哇！」

「咦？」

枯葉宛如有了生命，拍打著翅膀飛舞，男孩們緊張的大叫。

「枯、枯葉鬼！」

「枯葉殭屍！」

男孩們嚇得驚慌失措後逃走。

「大哥哥，你好厲害！」

抱著籠子的小女孩眼睛閃閃發亮的看著健太。

「健太！做得好。」

美希也對健太刮目相看。

「這沒什麼啦！我好像鬧得太過分了。哈哈哈。」難掩害羞的健太靦腆一笑。

「剛才飛走的並不是枯葉，而是『森林暮眼蝶』，那是一種會擬態成枯葉的蝴蝶。」健太說。

「擬態？」

「對！就是模仿和偽裝。我剛剛碰巧在草叢裡發現牠，便利用牠擅長偽裝成枯葉的特性，嚇嚇那些孩子。沒想到真的成功了！」健太有些得意。

「原來如此……」

健太完全沒留意到小女孩落寞的神情。

「不是我在吹牛，我可是非常了解昆蟲呢！雖然不擅長自然科學，不過和昆蟲有關的問題，問我都知道。」好不容易有機會說說自己擅長的事，健太越講越興奮。

「那……就不是真的能復活了，對嗎？」原本以為有一絲希望的小女孩哀傷的說。

「呃？」

健太這才發現，小女孩垂著頭，失落的望向倉鼠，比剛才更加無精打采。

健太頓時說不出話來，不知道該怎麼回應。

原本手抵脣邊，默不作聲的真實，開口對小女孩說：「可以借我看一下那隻倉鼠嗎？」

真實在女孩的身邊蹲下，伸出右手。

「咦？」

小女孩儘管有些猶豫，還是從籠子裡拿出倉鼠，輕輕的放在真實的手掌上。

倉鼠依舊仰躺著，沒有半點反應。

真實盯著看了一會兒，說：「也許真的能復活……」

「真的嗎？」

小女孩的眼裡充滿期待。

真實點點頭，雙手包覆住倉鼠開始呼呼呵氣。

「真實，你打算怎麼做？」

「該不會……真的準備創造奇蹟？」

真實不理會錯愕的美希和健太，持續對倉鼠呵氣。

就在這時，原本沒有動靜的倉鼠在真實手上微微動了動。

健太和美希面面相覷，倉鼠則是一個翻身站在真實的手掌上，發出「吱」的一聲。

「復活了！」

「真的有奇蹟！」

健太和美希睜大雙眼，小女孩看著復活的倉鼠也是一臉訝異。

「好了！已經沒事了。」真實說完，把倉鼠放在小女孩的掌心。

原本哭泣的女孩瞬間綻放笑容。

「好溫暖。」小女孩感受著倉鼠的體溫說。

倉鼠在她的手掌裡微微顫抖，小聲的吱吱叫。

「太好了！」看到這情況，健太和美希也相視而笑。

「倉鼠很怕冷，你最好把牠放在溫暖的地方。」真實微笑著說。

「嗯！」

「還有，你可以慢慢餵牠喝一點溫的蜂蜜水或砂糖水，幫助牠恢復體力。」

「好！」女孩一邊開心的回答，一邊把倉鼠放回籠子裡。

「大哥哥、大姊姊，謝謝你們！」

小女孩笑著揮手離開，健太、美希和真實也開心的笑著。

「這也太驚人了吧？你是怎麼讓倉鼠復活的？」
「該不會是……用了讓死者復活的魔法？」
「怎麼可能。」真實撥了撥飄逸的頭髮說。

解謎篇

「真實，我記得你提過淨藏和尚的父親不是真的死了，而是假死，對吧？」

「難道那隻倉鼠也是假死？」

「沒錯！正確來說，是類似冬眠的『偽冬眠』狀態。」真實繼續解釋著。

「昨晚近畿地區的氣溫急速下降，京都的最低溫來到攝氏五度。倉鼠不耐寒冷，遇到氣溫突然下降，經常會出現類似剛才那樣的狀態。攝氏十度以下，倉鼠的行動會變得緩慢；攝氏五度以下，則會進入偽冬眠狀態。」

「你向牠呵氣，是為了讓牠的身體回暖嗎？」

「當然。」

「什麼嘛！我還以為是什麼復活魔法。」

真實看到一臉認真的健太，露出苦笑。

「可是，為什麼倉鼠一冷，就會進入偽冬眠？偽冬眠和一般冬眠又有什麼不同？」

聽到美希這麼問，真實接著說：「問得好。冬眠原本是為了在嚴峻的大自然中生存，像是熊、松鼠等都具有這種習性。在寒冷且食物不足的冬季，牠們會降低體溫，減少呼吸和心跳的次數。冬眠是為了幫助牠們節省能

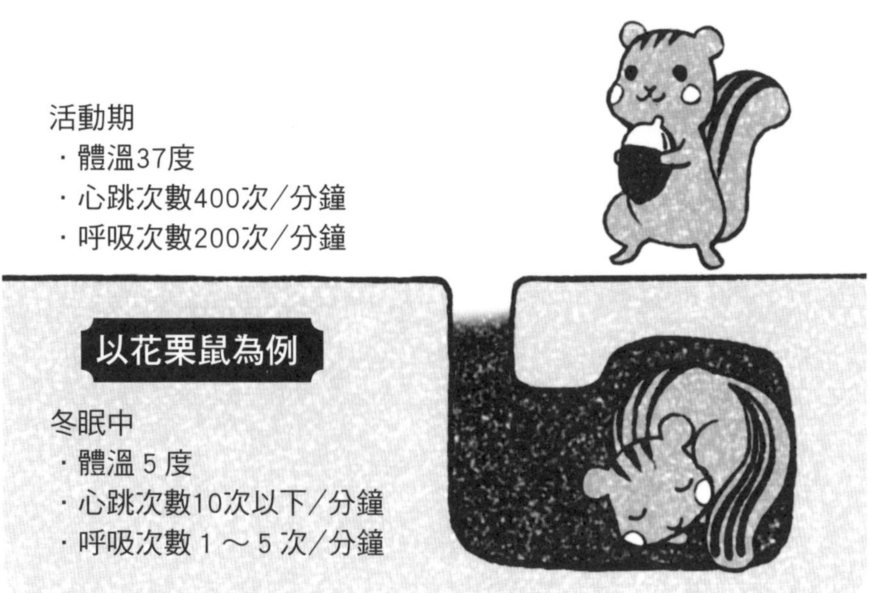

量的消耗。」

「意思是……不吃東西也沒關係吧？」

「真是方便。既然這樣，我也要來冬眠。我最討厭冬天了，天氣一冷，早上就會起不來……」

「很可惜，人類的身體是無法冬眠*的。一般來說，人類的體溫如果低於攝氏三十度，就可能會有生命危險，同樣的情況若發生在倉鼠身上也一樣。

倉鼠原棲息在溫暖的環境中，並不會冬眠，儘管有偽冬眠的情況，也只是名稱叫作冬眠，那個狀態對倉鼠來說其實很危險。」真實說。

「一發現就必須立刻幫牠取暖，讓牠醒來嗎？」

「應該要在偽冬眠狀態發生前就先預防，避免讓牠處在太冷的環境，這才是飼養的重點。」

健太和美希佩服的點點頭。

「真實果真厲害！我只知道昆蟲的知識，你卻是什麼都知道。」健太說。

「不！發現森林暮眼蝶的健太也不差，就和陰陽師一樣。」真實肯定的說。

「真的嗎？」

聽到真實說自己就像陰陽師，健太感到心口發熱。

「不過，你是怎麼發現那隻倉鼠是在偽冬眠？」美希問。

「我也不太確定。」

「咦？」

＊人類會冬眠嗎？曾有新聞報導，瑞典一名男子在下著雪的寒冷天氣躲在車上，只靠喝水生活了兩個月。日本也曾有遭遇山難的男人，在度過二十四天、體溫下降到攝氏二十二度的狀態下獲救。

「所以倉鼠復活時……我鬆了一口氣。」真實小聲說。

「看來果然還是一條歸橋創造的奇蹟，沒錯吧？」

美希一說，健太的雙眼散發出光芒。

「是啊！上天感受到真實想要幫助小女孩的溫柔體貼，所以就像淨藏和尚讓父親復活時一樣……」

見到健太說得熱切，真實無奈的說：「你們真的是……怎麼什麼事到你們嘴裡，就一點都不科學了？」

「有什麼關係？就把它當作奇蹟，不是很浪漫嗎？」

「是啊、是啊！這樣才浪漫。」

「隨你們說吧！自由活動時間是到幾點？我們差不多該回去了。」真實問。

健太和美希瞬間愣住。

「糟糕！已經超過集合時間了。」

「啊！杉田一會臭罵我們。」

三人連忙離開夕陽西下的一條歸橋。

1

SCIENCE TRICK DATA FILE

科學詭計檔案

利用偽裝與模仿，蒙混過關的「擬態」能力

「擬態」指的是一種物種在演化過程中，獲得與另一種物種相似的特徵。許多昆蟲和森林暮眼蝶一樣，都具備擬態的技能。擬態的優點是可以藉

大透翅天蛾長得很像蜜蜂，天敵不敢輕易靠近。

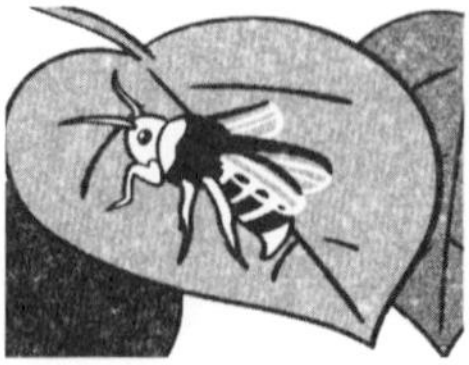

葉䗛的外形酷似樹葉，又被稱作「樹葉蟲」。

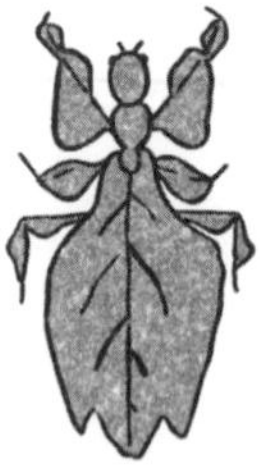

此混淆其他生物的認知，避免被天敵捕食，或是得以順利接近獵物而不被發現。

除了昆蟲，也有外型酷似葉子的魚、像鳥糞的蜘蛛等擅長擬態的生物，其中又以「擬態章魚」最為厲害，牠能改變身體的形狀，偽裝成海蛇、比目魚或海葵來欺瞞敵人。

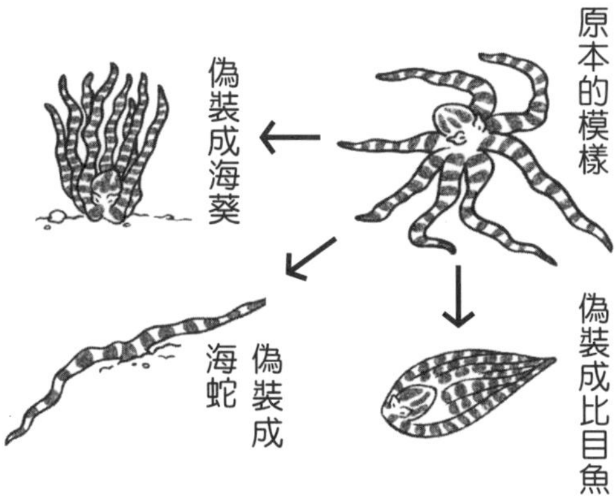

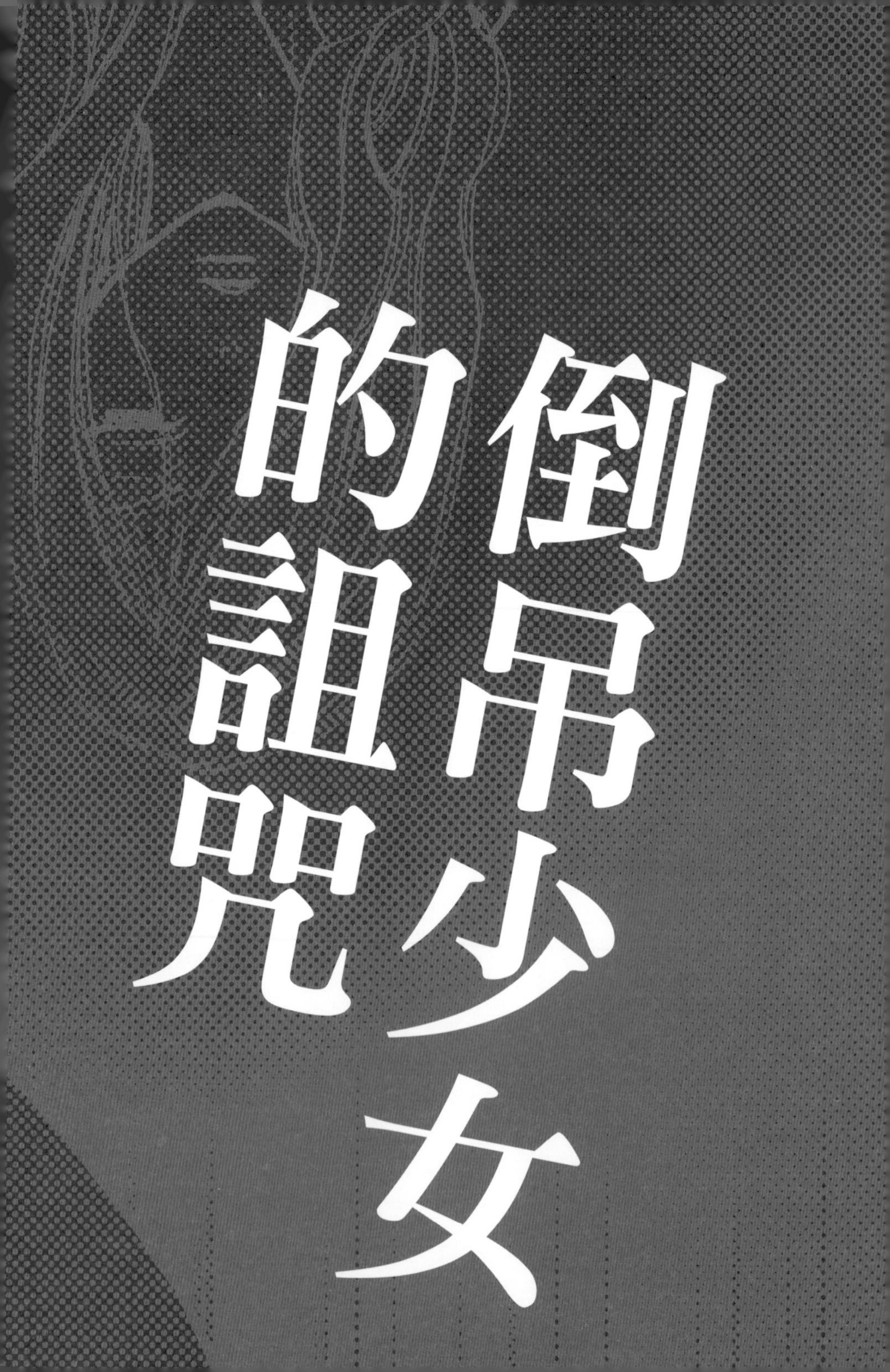

倒吊少女的詛咒

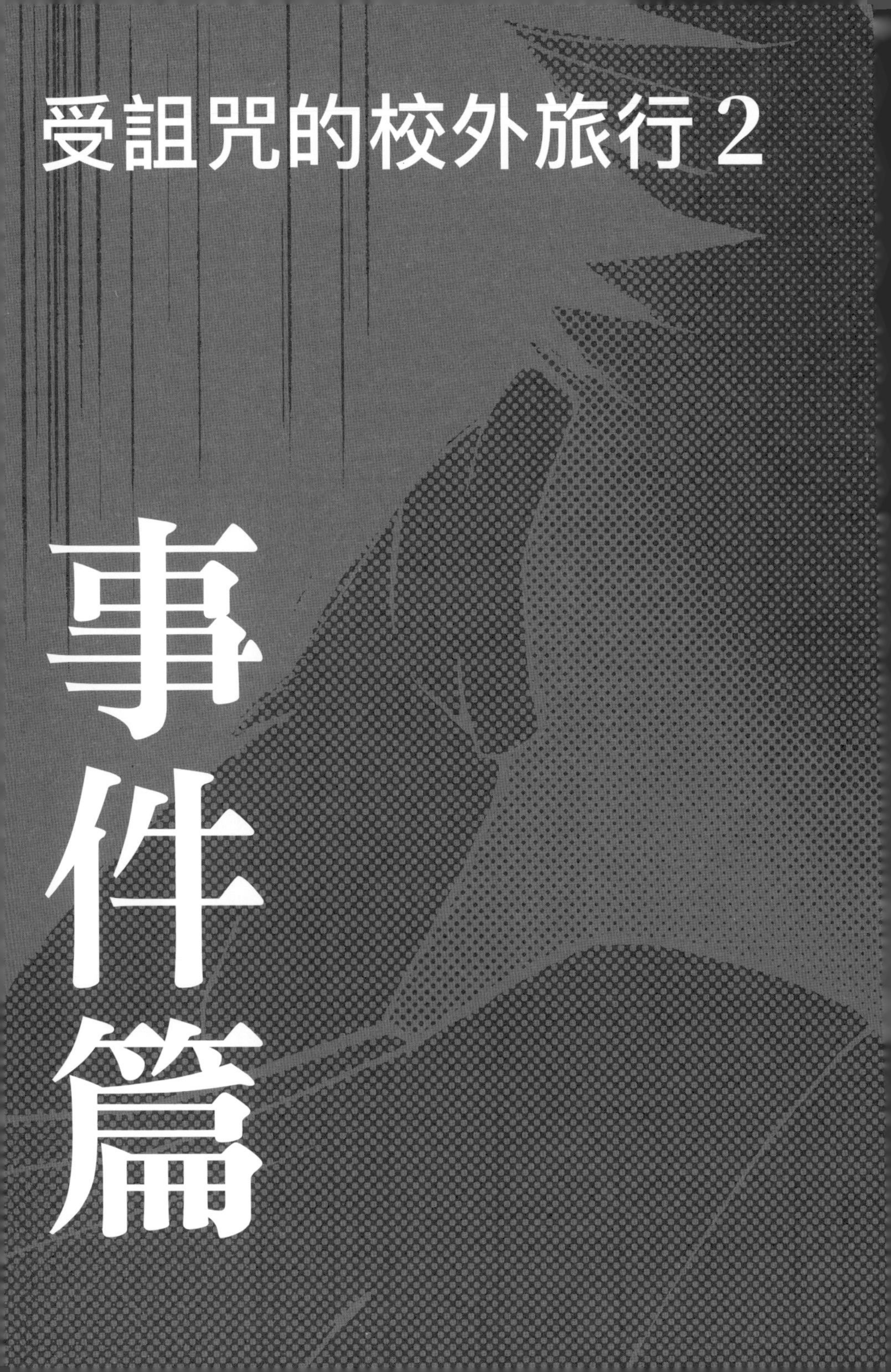

受詛咒的校外旅行2

事件篇

校外旅行第一天的傍晚，花森小學的學生們搭乘遊覽車，前往當天晚上預定入住的旅館。

自由活動集合時間遲到的健太、真實和美希三人，在搭上遊覽車之前，被濱老狠狠的訓斥，嚴格管理時間的「認真杉」也不忘火上加油叨念一番。

「你們只顧自己，給大家帶來困擾。謎野真實，你最近和宮下健太走得太近，才會跟著鬆懈、不守規矩，是吧？」

「為什麼和我走太近就會鬆懈、不守規矩……」健太感到委屈而小聲的抱怨。

另一邊，六年一班的遊覽車上，則因為這次的旅行路線安排得「太過專業」而引起話題。

「的確排了很多一般人不太熟悉的寺院和神社行程呢！」悠子看著「旅行規畫筆記本」對隔壁的美希說。

「難道決定路線的人是河合老師？」

「你為什麼這麼說？」

「因為……你們看……」美希看向坐在斜前方的河合老師。

河合老師大概是太累了，雜誌攤開放在腿上卻打著瞌睡，雜誌上貼滿密密麻麻的便利貼。

「那本雜誌！」

悠子好奇的湊過去看了看翻開的雜誌頁面，上面寫著大大的「戀上京都」。

「我們去的景點，雜誌上全都有介紹。」

而且每個景點都是標榜著能夠締結良緣的寺院或神社。

「雜誌上也有提到我們現在要去的旅館。據說那裡最引以為傲的天然溫泉，人稱『美人湯』，因為對皮膚好而出名。看來這次的旅行路線，的確是根據河合老師個人的喜好而擬定的。」

「哎呀！真是的，我居然睡著了。」或許是察覺到有人靠近，河合老師突然睜開眼睛，慌張的用蕾絲手帕擦掉嘴邊的口水。

「河合老師，這次的旅行路線是參考這本雜誌決定的嗎？」

「這只是我今天碰巧帶來的雜誌而已。呵呵呵。」

聽到美希提問，河合老師連忙收起雜誌。

遊覽車抵達旅館。

旅館前的石板路從已經點燈的大門口延伸到建築物前，一位穿著和服打扮的女子出來迎接大家。

美龍仙是一間歷史相當悠久的老旅館，木造的建築充滿著年代久遠的風格。

「好有味道的旅館啊！」濱老和大前老師開心的說。

「的確很有味道。」真實難得的心有所感。

「你們不覺得這種旅館就像會有幽靈出現嗎？」

健太說完，不曉得從哪裡冒出來的美希也加入對話。

「京都有『魔都』之稱，既然這樣，我倒想見見京都的幽靈。」

「在歐洲，歷史越久的東西越有價值；而在英國，反而傳說有幽靈出沒的老房子*更受青睞。」真實面無表情的說。

「我喜歡神祕的話題，但如果真的看到幽靈……那就太可怕了，我可不要！」健太顫抖著說。

真實和美希不理會膽小的健太，快步走進旅館，健太趕緊回神，追上他們。

旅館內古典的裝潢瀰漫著祥和的氣氛，打造成日式庭園的中庭，點燈後看起來如夢似幻。

「你、還有你！是一〇二號房。」

杉田一並沒有按照濱老決定好的房間分配，逕自對同學們重新下達指示。

健太和真實被分配到八人一間的一〇三號房。

「這間和室真漂亮！從窗戶就能望見竹林，氣氛很好。」真實滿意的欣賞著外面的景色。

「哇！這間房間的風景真好。」美希走進真實他們的房間。她正打著採訪的旗幟，到處參觀。

「嗯，你們不覺得房間裡有一股怨氣嗎？」美希環顧一圈後，故作神祕的小聲說。

「呃，什麼意思？」聽到美希這麼說，健太感到不安。

美希看向掛在牆上的裱框畫，那是一幅繪有祇園祭*場面的油畫。

*幽靈出沒的老房子：據說英國的房屋廣告，只要載明「這裡曾有女傭遭到殺害」或「這裡曾出現戴頭巾的修士」等，無論出現何種幽靈，交易的價格就會比一般房子更高。（資料出處：《英國幽靈史》，石原孝哉著，集英社出版）。

*祇園祭：日本京都在每年七月舉行的祭典活動。與大阪的天神祭、東京的神田祭並稱日本三大祭典。

美希越靠越近，雙眼直盯著瞧。
「怎麼了？美希，那幅畫有什麼問題嗎？」
「健太，飯店或日式旅館的房間裡如果曾出過意外或死過人，他們會怎麼處理，你聽說過嗎？」
「我怎麼可能會知道！」
「飯店或日式旅館的房間，即使發生過意外，事後也不得不繼續使用，所以會請神主*來驅邪。而這類有問題的房間裡……」
美希取下裱框畫翻了過來，「就

會在這種地方藏著符咒。」

沒想到畫的背面，居然真的貼著驅魔用的符咒。

「咦！」健太嚇到簡直快暈倒。

「了不起！這間房間果然不出我所料，超級糟糕。」美希嘴上這樣說，但似乎很開心。

真實沒有理會兩人的對話，坐在窗邊怡然自得的望向窗外。

坐立不安的健太，著急的跑去找濱老要求換房間。

「你自由活動後的集合時間遲到，現在又想要換房間？未免太任性了吧！」

「老師，你別說那種話，求求你！」健太淚眼汪汪的提出請求。

＊神主：日本神道教的神職。

「太可笑了！」濱老邊說，邊「唰」的一聲關上紙拉門。

（啊！我不想回去那個房間。）

健太心情沉重的經過大廳，再度讓美希抓個正著。

「接獲線報！我剛剛向旅館的人快速打聽，聽說有個來這裡畢業旅行的男學生看過『倒吊少女』。」

「倒吊少女？」

「就是倒吊並懸浮在半空中，穿著和服的女鬼。這家旅館的房間裡沒有洗手間，對吧？那位男學生半夜去上廁所時，看到了一個倒吊的少女，結果隔天就發生意外去世了。」

「怎麼會這樣！」健太驚訝的幾乎說不出話來。

「旅館的老闆有個獨生女，她一出生，就患有晒到太陽會死掉的病。無法離開房間的她，一直很希望有朋友可以一起玩，在她不幸病逝後，『倒吊少女』就出現了。據說每天晚上，她都會對著經過房間前的孩子說：『快來和我一起玩吧！』」

「你……你是說真的嗎？」

「那個女生的房間，聽說就是公共浴場旁，現在被當成倉庫的那間房間。」美希不理會害怕的健太，繼續說。

健太背後感到一股寒意。

「健太，從你們房間去男生廁所，無論如何都必須經過那間倉庫。」

「我快嚇死了！晚上絕對不去廁所。」

美希露出不懷好意的微笑，拍拍健太的肩膀

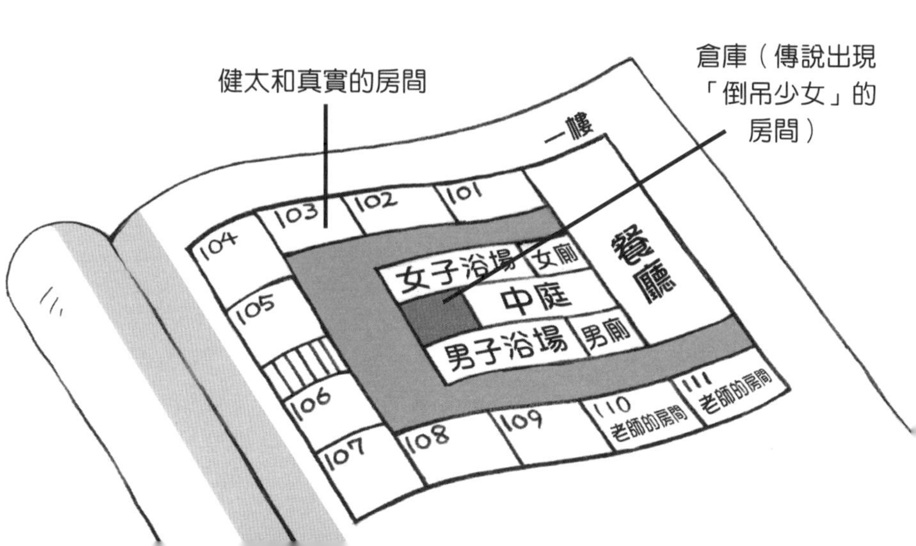

說：「這不正是看看京都幽靈的好機會嗎？你很期待吧！」

跌入恐懼深淵的健太，快要昏厥過去。

晚餐時間，同學們聚集在餐廳，等待料理上桌。

湯豆腐、燉煮京都蔬菜、醬菜等，在他們面前一字排開，馬鈴薯沙拉在一個巨大的銀色調理盆裡攪拌著，等等會和漢堡排一同擺盤。

「看起來真好吃！」興奮的學生中，只有健太獨自煩惱著。

（早知道不要聽那些故事。）

健太沮喪的低下頭，擺在桌面的湯匙上倒映出健太上下顛倒的臉。

「咦？」

健太拿起湯匙，試著轉換方向，但無論怎麼轉，湯匙上仍舊是顛倒的影像。

「這……該不會是倒吊少女的詛咒吧？」健太忍不住喊出聲。

「因為湯匙的面是凹下去的，所以映出的影像會上下左右顛倒。」坐在角落的真實冷冷的說。

「什麼嘛！原來是這樣。哈哈哈。」健太鬆了一口氣，難為情的笑了笑。

待濱老結束冗長的演說後，眾人總算順利開動，各桌紛紛傳出「好吃！」的讚嘆聲，健太也重新打起精神，準備伸手拿起味噌湯。

就在這時——裝味噌湯的碗竟然自己動了起來，倏地從桌面滑過。

「呃……咦？」健太嚇到跳了起來。

其他同學們停下碗筷，看向健太，好奇發生了什麼事。

「湯碗移動了！明明沒有人碰到！」

聽到健太大喊大叫，坐在遠處的美希湊了過來。

「一定是倒吊少女的惡作劇。」美希喃喃說：「倒吊少女注意到你了，或許她今晚就會來找你『一起玩』。」

「我才不和女孩子玩什麼洋娃娃，找我一起一點都不好玩。不要！我不想這樣。」健太把最愛的漢堡排分裝進小盤子裡當成供品，帶著快要哭出來的表情雙手合十。

「我把這個獻給你，請你別再出現了！」

「唉！吃個飯也不得安寧。」靜靜坐在桌邊用餐的真實，把手裡的筷子放在筷架上。

「真的沒有人碰到，湯碗就自己動了啊！」

真實逼不得已來到健太身邊，仔細看了看健太的湯碗和桌子。

桌面上有水。

「原來如此。我重現一次給你看。」

真實請服務生續了一碗熱騰騰的味噌湯，並把湯碗放在桌面上被水弄溼的地方。

果然，湯碗滑動了！

「真的是倒吊少女在作祟。」

「你這個人實在很不科學。」

真實邊說邊拿起湯碗，「你看，這個湯碗底下的碗足*。關鍵就在於

*碗足：碗底凸起的圈狀圓棱。功能在於讓置於平面的碗能夠穩固站立。

沾溼碗足的邊緣，讓它緊貼在桌面。湯碗與桌面間形成的空洞有空氣，空氣因為熱湯的溫度而膨脹【圖①】，使得湯碗稍微浮起【圖②】，只要一點動靜，就能夠輕易的讓湯碗移動。」

說完後，真實回到座位繼續用餐。

「什麼嘛！我還以為健太幸運的碰上了什麼好事。」美希也失望的回座。

「真實，謝謝你。」健太由衷的感謝替自己掃除不安的真實。

（真實真像是一棵大樹。）

健太一邊吃飯，一邊想像一棵威風凜凜、獨自站立在山丘上，粗壯又高大的大樹，只要依附

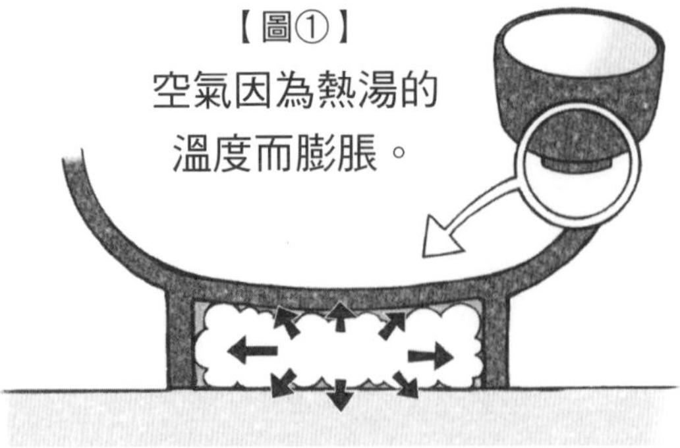

著那棵樹，無論強風如何吹拂都不會害怕。

晚餐後的洗澡時間，公共浴場響起學生們喧鬧的聲音。

霧氣環繞的水蒸氣中，健太害羞的進入浴場，男孩子們在浴池裡互相潑水嬉鬧。

「喂！別在浴場裡玩。」負責看顧的濱老怒吼道。

健太洗淨身體，準備走進浴池時，注意到一件事。

「咦？真實不在？」

下一秒，真實從霧氣的另一端出現，身上卻

【圖②】

空氣膨脹後，湯碗因而微微浮起。

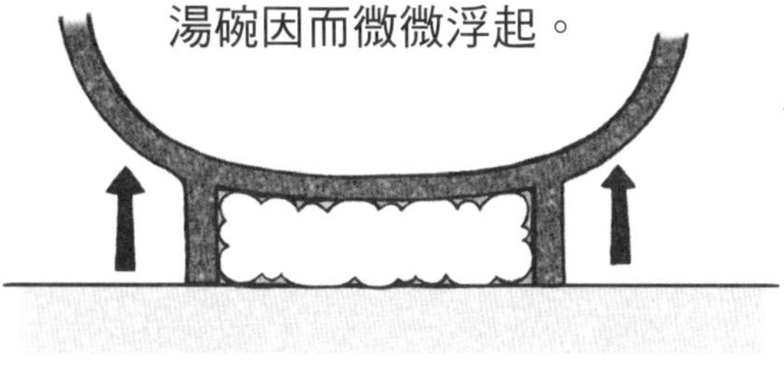

穿著衝浪用的水母衣和運動壓力褲。

健太和同學個個目瞪口呆，濱老也嚇得大叫：「真實！你……你這身打扮是怎麼回事？」

「在國外，泡溫泉＊都是這樣。我雖然有心與各位來一場赤身裸體的交流，不過在公共場合裸露身軀，實在不符合我的隱私原則。」

「這樣啊……」濱老睜大眼睛說不出話來。

「濱田老師，你還沒有進去泡澡嗎？」真實問。

「啊？嗯，老師們會等到大家就寢後才泡澡。」濱老說。

「所以你們幾個！等等到了睡覺時間，就快去睡！」濱老惡狠狠的瞪向嬉鬧的學生們。

晚上九點半，學生們就寢的時間到了，濱老和其他老師們開始一一巡房。

健太他們在房間裡激烈的打著枕頭戰，真實為了避開揚起的灰塵，戴上口罩，坐在窗邊看書。

*溫泉：許多國家都有溫泉，但是除了日本之外，大多數國家泡溫泉時均規定需穿著泳裝，部分原因是因為這些公共溫泉池一般是男女共用。

「喝啊！」健太熱衷於丟枕頭，完全忘了倒吊少女的事。

突然，一顆枕頭飛了過來，「噗」的砸在健太臉上。

健太不服輸的想要反擊，但是準備丟出的枕頭卻在手上一滑，飛向真實。

「真實！危險。」

真實保持看書的姿勢，身體輕鬆一轉，閃過了枕頭。

「咦？」健太好驚訝。

看到這反應的其他人，同時轉向瞄準真實。

「集中攻擊！」

真實的雙眼仍緊盯著書，但上半身就像拳擊手那般快速移動，躲開一個又一個飛過來的枕頭。

這時，紙拉門「唰」的一聲被推開。

「你們在幹嘛！快點睡覺！」

聽到濱老的怒吼，同學們飛快的鑽進被窩。

窗外的月光射入寂靜的室內，時鐘滴答滴答的聲響在安靜的夜晚格外明顯。

（已經十二點了，大家都睡著了……）

眾人發出熟睡的鼾聲，只有健太獨自清醒，雙眼瞪大，聽著時鐘的聲音。

（完全睡不著……再這樣下去，天就要亮了。）

健太用棉被蓋住頭。

（怎麼辦？好想上廁所……可是要去廁所，就得經過「倒吊少女」會出現的那間倉庫。）

健太看向睡在身旁的真實，想要找他一起去，但是真實全副武裝，戴著眼罩、耳塞和帽子，似乎不容易叫醒。

結果健太還是忍不了，只好獨自前往走廊盡頭的男廁。

黑漆漆、空蕩蕩的走廊上，充滿著冰涼、令人感到有點不舒服的空氣。

（那邊就是美希說的，那間倒吊少女出現的倉庫。）

健太緊張的走在走廊的另

一側，盡量遠離那間倉庫。

（沒關係！這只是美希編的故事。）

健太戰戰兢兢的走著，突然愣了一下，停下腳步。

倉庫的紙拉門半開著。

健太一邊走，一邊瞄向倉庫，倉庫裡亮著淡淡的燈光，裡頭有吸塵器和成堆的紙箱。

（不就是間普通的倉庫，剛才的味噌湯也不是惡靈作祟，所有的謎團都能用科學的力量解開。）

健太在心中模仿起真實的語氣，他難得鼓起勇氣，決定探頭進去倉庫裡看個清楚。

（不能什麼都還沒有看過就害怕！）

倉庫裡被舊書桌、廚房用品和各種雜物所塞滿，健太小心謹慎的踏了進去。

「看吧！什麼也沒有嘛！」

話才剛說完，健太整個人僵住，他感覺到房間深處有個東西，直瞪著自己。

「……」

健太的視線緩緩轉向堆放紙箱的那邊。

一個穿著和服的女子，從天花板倒吊下來，黑色的長髮縫隙間露出可怕的表情。

「啊！」驚嚇過度的健太幾乎無法發出聲音，腿軟跌坐在地。

倒吊的女子睜大眼睛，從黑髮縫隙中瞪向健太。

（對不起！對不起！）

健太緊閉雙眼，連忙道歉，手忙腳亂的逃出倉庫。

健太連滾帶爬的回到房間，拚命搖醒熟睡中的真實。

「真實！真實！」

「嗯？」真實拿下眼罩，看向時鐘，「天還沒亮吧？」

「快救我！倒吊少女在半空中，她要用詛咒殺了我！」

「你這個人真的是一整天都沒有安靜的時候。」

此時悄無一人的走廊上，真實不得不陪著健太一起前往倉庫。

「就……就是那間倉庫。」

倉庫和健太逃走時一樣，紙拉門微微敞開著。

真實進入昏暗的房間，沒有絲毫恐懼。

「喂！真實，等一下。」健太害怕的跟在真實身後。

「你在哪邊看到倒吊少女的？」

健太顫抖的指向房間深處，「倒吊少女就掛在那邊。」

那裡只有一個做菜用的巨大銀色調理盆豎立著，真實靠近看了看。

離開倉庫後，真實前往老師們的房間。

「真實、健太，你們還沒睡？」

房間裡，老師們正在開會。

「很抱歉這麼晚來打擾。」

真實大略環視了房裡一圈。

他的視線停留在身穿夏季和服，一頭溼髮的河合老師身上。

「河合老師，你剛剛才去洗澡嗎？」

「對！我剛洗好出來。」

真實用食指推了推眼鏡，看向健太。

「謎團解開了。我已經知道倒吊少女的真正身分。」

解謎篇

真實為了重現健太看到的倒吊少女，請河合老師一起前往倉庫。

「健太，你還記得晚餐時湯匙影像顛倒的那件事嗎？」真實站在房間深處，那個做菜用的大型銀色調理盆前說。

「你是說我的臉倒映在湯匙上的顛倒影像嗎？」健太說。

「對。這個盆子和湯匙的作用一樣。」

健太走向前看了看，發現自己倒映在盆子裡的身影很正常。

「這個盆子的中央向內凹，與凹面鏡有同樣的效果。」真實開始說明。

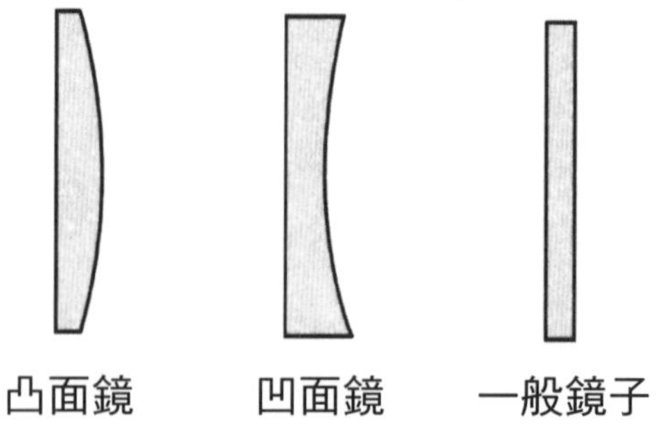

「凹面鏡？」

「除了一般常見的鏡子外，還有中央往內凹的凹面鏡和中央向外凸的凸面鏡。健太，你的臉朝向盆子，同時往門口的方向後退。」

健太一步步往後退，退到某個距離時，原本映在盆子裡的身影有了變化。

「上下顛倒了！」健太驚訝的張大了嘴。

「物體映在凹面鏡上的影像，近距離看時是正常的，但當距離拉遠，影像就會上下顛倒，這與映在湯匙上的臉上下顛倒是同樣的原理。還有，健太你看到的『倒吊少女』她長得什麼模樣？」

從近處看

呈現的影像與
一般鏡子一樣。

從遠處看

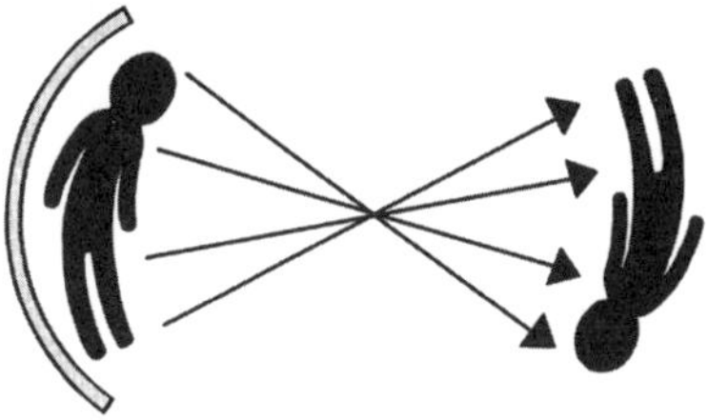

呈現的影像是
上下顛倒的。

「她有一頭黑色的長髮，穿著和服……」

真實轉頭對河合老師說：

「老師，可以請你把那頭漂亮的黑髮往前撥嗎？」

「嗯，好！」河合老師身體微傾，頭髮向前垂下，再把臉抬了起來。

健太瞠目結舌，因為一對目光炯炯的眼神，從河合老師往前垂下的頭髮縫隙間露了出來。

「就、就是她！」健太大叫出聲。

河合老師泡澡時拿下了平時配戴的隱形眼鏡，泡澡後，就這樣披散著一頭溼髮走出浴場。

「我當時走錯房間，進到一間好像是倉庫的地方。」河合老師一邊回想，一邊溫柔的說。

「健太，你看到的就是剛洗完澡的河合老師。沒戴隱形眼鏡的她視線模糊，不小心走進倉庫，你在門口附近看到這個銀色的大盆子，大盆子正好就在你們倆的中間，所以你看到的是大盆子裡，河合老師

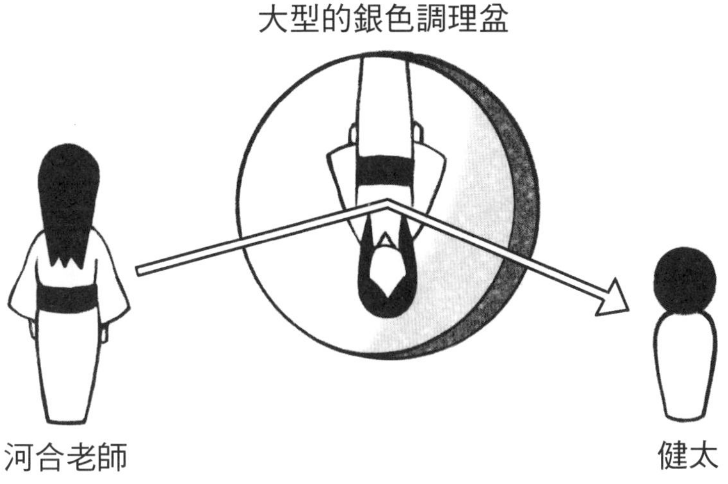

上下顛倒的影像。」

「原來是河合老師，不是什麼可怕的倒吊少女……」健太終於鬆了一口氣。

「誤把老師當成少女……或許是因為我泡了這裡的美人湯吧！呵呵呵。」河合老師微笑著說。

回到房間後，累癱的健太打了個大大的呵欠，不一會兒，就安心的睡著了。

夢裡的健太在陣陣的強風吹拂下，差點站不住腳，只能緊緊的抱住一棵穩健的大樹。

「嗯……真實果然靠得住……」健太一邊說夢話，一邊抱緊懷中的棉被。

真實戴上耳塞，還是能夠清楚的聽見健太熟睡的鼾聲，怎麼樣都睡不著。

「早知道這傢伙這麼吵，我就不把謎團解開了……」清醒的真實無可奈何的說。

2

SCIENCE TRICK DATA FILE

科學詭計檔案

鏡子二三事

我們平常用來檢視自己身影的，是表面平坦的平面鏡。除此之外，日常生活中也經常可以看到中央向內凹的凹面鏡或是中央隆起的凸面鏡。

【凹面鏡】
射入凹面鏡的光線，反射後會聚於一點，因此常用來聚集光線。

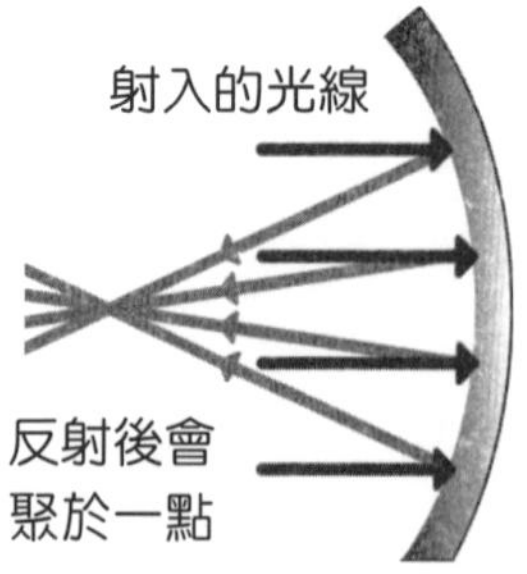

【使用範例】

奧運的聖火就是利用凹面鏡來集中陽光，產生高溫以點燃火種。

道路反射鏡所使用的是凸面鏡，可以擴大駕駛的視野，及早發現彎道對面的來車。

【凸面鏡】

凸面鏡比一般平面鏡能容納更大範圍的光線射入，因此常用於需要擴大視野時。

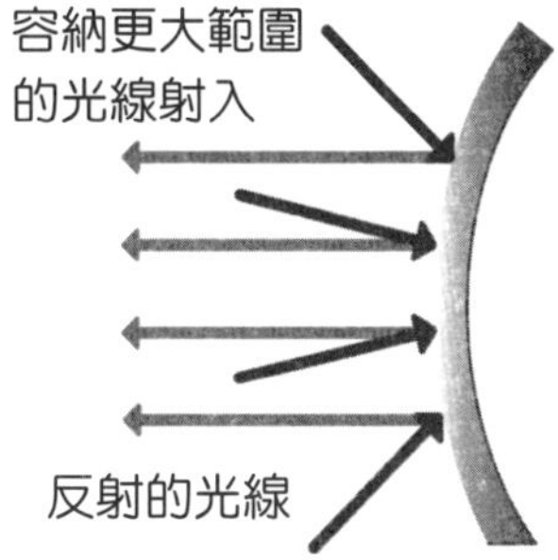

鬼聲呢喃的寺院

受詛咒的校外旅行 3

事件篇

校外旅行的第二天，花森小學的師生們前往特別開放秋季參拜的「相國寺」。這所寺院最有名的就是那幅正殿天花板上的巨龍壁畫。

這幅巨龍壁畫不只是普通的壁畫。

「那麼，上吧！」健太站在壁畫的正下方，雙手用力一拍。

「啪！」

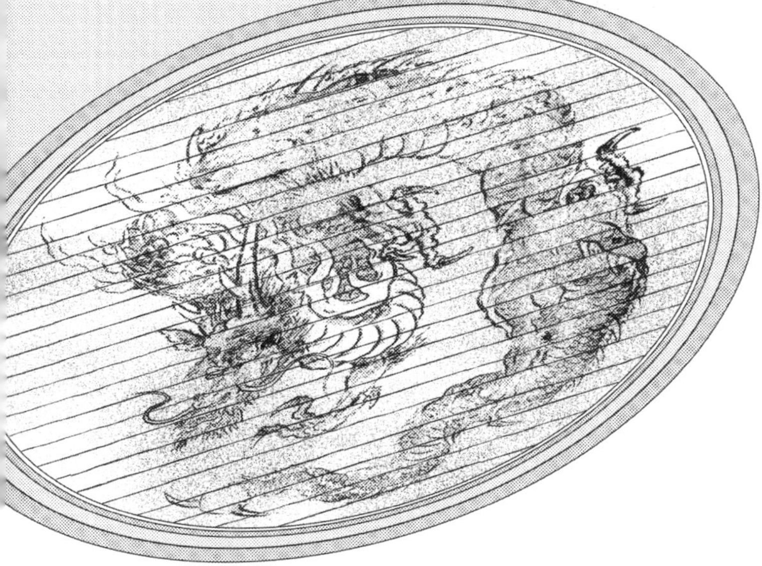

緊接著——

「咻咻嗡嗡嗡嗡嗡嗡嗡嗡！」

撼動四周空氣的重低音，在正殿裡迴盪著。

「哇！」這股令人不適的聲響，把同學們都嚇壞了。

「真的有龍吟聲。」健太凝神瞠目，仰望著天花板。

這條巨龍被稱為「鳴龍」，只要在壁畫下方拍手，正殿就會響起宛如龍吟般魄力十足的聲響。

「換我、我也要試試看！」

「下一個輪到我！」

「啪！」

「咻咻嗡嗡嗡嗡嗡嗡嗡！」

只要有人拍打雙手，正殿裡就會迴盪著「龍吟」聲。

「好神奇啊！真實，你知道為什麼會發出這個聲音嗎？」盯著天花板的健太問。

「龍吟的祕密就在『天花板』。」

「天花板？」

「畫有巨龍的天花板和一般的天花板不同，它不是個平面，而是中央往內凹的碗型。」

「為什麼碗型天花板就會發出龍吟呢？」

【圖①】

真實用雙手圈出一個大圓，說：「聲音就像球一樣，撞到牆會反彈。」

「像球一樣反彈？」

「對！假如天花板是平的，聲音傳到天花板後，就會像球一樣往四面八方彈開【圖①】；但如果天花板是碗型的，聲音傳到天花板後，就會彈回原本的地方，在同一條路線上不停的來回傳送【圖②】。」

「原來如此。『聲音』這顆球不會往四處亂彈，而是在同一條路線上來回反彈……所以我們才會聽到類似龍吟的聲音。」

「沒錯！這就是聲音反彈帶來的魔法。」

【圖②】

健太認可的點點頭，目光突然轉向正殿一角，那裡有兩位穿著華麗和服的女子正在說話。

「她們是舞妓*嗎？」

兩名女子臉上的表情悲傷，垮著肩膀十分沮喪。

「發生什麼事了？我們過去看看吧！真實。」

健太拉著真實的手走近正殿角落，聽見她們說話的聲音。

「唉，想找八雲先生商量，他卻不在，這下該怎麼辦？」

「聽說他被鬼吃掉了，不曉得是真是假……」

（鬼？她們在說什麼？）

聽到如此詭異的談話內容，健太無法保持淡定。

「請問……你們剛才是說到鬼嗎？那是什麼意思？」

兩名舞妓驚訝的面面相覷，但立刻展露笑容。

「聽說附近的一所寺院，最近有鬼出沒。」

「說是鬼，但也不是真的鬼，就是在寺院的牆壁上浮現很像鬼的汙漬。」其中一名女子說。

「很像鬼的汙漬？」健太與真實不解的看向彼此。

舞妓們說，浮現在牆上的那個鬼不但會說話，還會告知各種諭示。

「那些諭示大家都說很準。」

「不久前，相國寺附近一家名叫『大泉八雲』的帥哥占卜店，才因為被鬼諭示搶走了大半生意，而把店收了。」

「大家都在說，是因為鬼太受歡迎，人氣壓過了八雲先生。也才會有他被鬼吃掉的傳言。」

*舞妓：舞妓是指在日本宴席等場合中表演舞蹈助興的女性工作者。一般在中學畢業後開始學藝，完成一年的修行後才能登臺表演，到二十歲左右就要退出，因此能夠當舞妓的時間只有短短幾年。

聽到這些話，健太的雙眼閃耀著光芒。

「等一下就是自由活動時間了，你有什麼打算呢？真實。」

「先去現場看看。這是身為偵探要做的第一步。」

經過鬱鬱蒼蒼的竹林，就可以看到那座傳聞中的寺院。

掛在小門上的牌子寫著「鬼心寺」，穿過小門，外型奇特的正殿映入眼簾——像雞蛋一樣的半圓形建築，屋頂上還鋪著瓦片。

「這個外型的寺院，真是少見。」

正殿入口的金屬大門為了配合蛋形建築，打造成弧形，門上貼著一張紙，寫著「請隨手關門」。

健太和真實進入正殿，那兒已經有許多人在排隊，看樣子大家都是為了鬼諭示而來。隊伍前依序排隊的人對著牆壁輕聲細語，接著又把耳朵貼上牆壁專注聆聽。

「他們是這樣和牆壁鬼商量、聽諭示的啊！嗯？」

健太瞇起眼睛，「那個不是河合老師嗎？」

仔細一看，排在隊伍最前面，那個把耳朵貼上牆壁傾聽的人，正是河合老師。她的表情是前所未有的認真。

「到底在商量什麼問題呢？」

河合老師的臉上突然洋溢著笑容，踩著跳步，愉快的朝健太他們所在的門口走來。

「河合老師！」健太開口一喊，河合老師嚇了一跳。

「健太……還有真實，你們怎麼會在這裡？」

「我們也想聽聽鬼諭示，老師聽到諭示了嗎？」

「嗯，聽到了。諭示說『只要相信，願望就會成真』。」

「傳言果然是真的！老師，你是來商量什麼問題呢？」

聽到健太這麼問，河合老師的雙頰迅速漲紅。

「商量什麼問題？呵呵呵……當然是大……」

「大？」

河合老師瞬間回神，激動的擺擺手，「不！沒事，我就是大……大排長龍跟著大家來諮詢。呵呵呵。」河合老師說完，迅速離開正殿。

「雖然聽不懂老師在說什麼，不過聽起來鬼諭示好像是真的？」

「是嗎？究竟是真是假，還是得要聽過才知道。」

終於輪到健太和真實。

靠近一看才發現牆面浮現的「汗漬」，看起來的確就像是個巨大的鬼臉，鬼臉的眉間蹙起深深的皺紋，瞪著站在面前的兩人。

「哇！好可怕，我……」健太沒出息的低鳴。

「健太，我想看看會發生什麼事，你能不能當我不在這裡，去找鬼商量煩惱？」真實在健太耳邊小聲說。

「咦？為什麼叫我去做這種事？」

健太一回頭，看到真實銳利的眼神看向牆面鬼。

（真是的！老是叫我當實驗的白老鼠。）

健太吞下這句話，坐上放在鬼前面的折疊椅。

牆面鬼巨大的雙眼就在面前，健太做好準備，嚥了嚥口水，說：「請告訴我『鬼怪』真的存在嗎？『外星人』呢？『裂口女*』呢？『尼斯湖水怪*』呢？還有『土龍*』呢？」問完後，健太朝牆壁深深鞠了個躬。

下一秒——

「喔喔喔喔喔喔……」

鬼的嘴裡傳出猶如來自地獄深處的低沉呢喃。

「喔喔喔喔……相信自己……」

*裂口女：日本都市怪談中的妖怪之一，有著一張咧到耳朵的血盆大口，喜歡鱉甲糖（一種日本傳統的糖果），討厭髮蠟（膠）的味道。

*尼斯湖水怪：傳說住在英國尼斯湖的謎樣生物。

*土龍：日本傳說中的生物。據說長得像粗短的蛇，擁有超強的彈跳力。

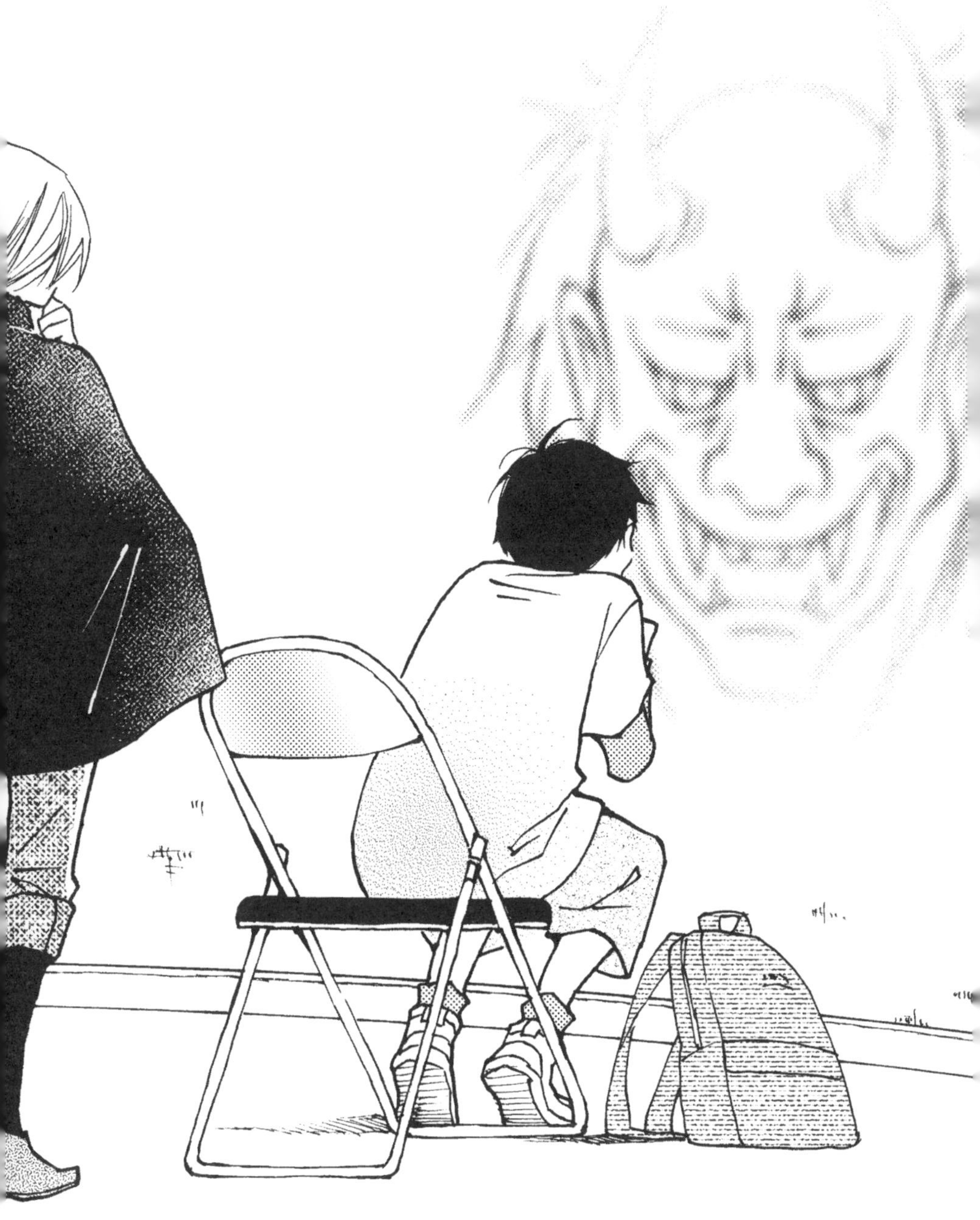

「鬼、鬼說話了！」健太不可置信的把耳朵貼近牆壁，真實也靠近牆壁豎耳傾聽。

「喔喔喔喔……並非只有眼睛看得見的東西才是一切……相信自己。」牆上的鬼傳出說話聲。

「聽到了！我真的聽到鬼諭示了。」健太看向真實，真實正以掌心摸著壁面。

「真實，你在做什麼？」

「牆上並沒有擴音器等裝置。既然這樣，剛才的聲音究竟是從哪裡來的？」真實陷入思考。

「你在說什麼？當然是牆上的鬼開口說話了啊！」

「很遺憾，我並不像你那麼無視科學。」

真實離開牆邊，環視正殿內部。正殿四周的牆壁呈現圓弧形，就像置身於一顆巨大的雞蛋當中，然而卻絲毫找不到可疑的裝置或機關。

健太心滿意足的離開牆邊時，正殿那一頭傳來吵鬧聲。

「什麼鬼諭示！你們都是騙子！」一個戴著太陽眼鏡，身穿夏威夷襯衫的流氓對著牆上的鬼大聲怒罵。

「一定是哪裡藏著

擴音器！給我解釋清楚。」男人的腳粗暴的踢向牆壁。

在眾人的注視下，一位年輕僧侶抓住男人的手臂。

「請住手，黑田先生。」

「放開我，別擋路！」名叫黑田的男人粗魯的甩開手，僧侶因此跌坐在地。

「這塊地已經決定要蓋大樓了。你們這些江湖術士，快把寺院收掉離開。」

僧侶站起身，狠狠的瞪著黑田。

僧侶的長相清秀，是個二十幾歲的年輕人。

「這裡可是代代相傳的重要土地，就因為你們來搗亂，家父才會操勞過度而住院。如今鬼神大人現身相助，我們絕不會交出這塊地！」

「哼！什麼鬼神大人？我才不信那種玩意兒。」

這時，室內再度響起低沉的呢喃聲。

「喔喔喔喔喔……」

黑田回頭一看，對上牆面鬼的銳利目光。

「喔喔喔喔……這塊地受鬼神保護……不會交給你們的。」

真實和健太也都聽見了那個微弱的聲音。

「想用這種東西嚇唬誰！反正一定有什麼機關。」黑田逞強著說。

「你大可調查到滿意為止。鬼神大人的諭示既沒有造假也沒有任何機關。」僧侶說。

黑田的表情變得猙獰，接著聲音再度響起：「喔喔喔喔……離開這裡，否則你將會遭遇重大的不幸……」

「不……不幸？哪裡來這種亂七八糟的東西！」黑田叫嚣完，腳步踉蹌，連滾帶爬的逃出門外。

（鬼諭示果然是真的！）

健太鬆了一口氣，但真實依舊板著臉，盯著牆面。

「這聲音……到底是從哪裡傳來的呢？」

就在這時——

咚咚咚，一顆小球沿著牆壁滾到真實腳邊。

「球？」

他撿起球看看四周，不遠處的一個小孩在母親的懷裡啼哭，這顆球似乎是從他的手中滑落，沿著牆邊滾了過來。

「球沿著牆邊滾過來……這該不會？」真實似乎想到了什麼。

真實再度環顧室內，目光停留在「某件物品」上。

「果然沒錯！鬼諭示之謎解開了。」

「咦？真的嗎？」健太驚訝的說。

「哈哈哈！」此時一陣大笑聲響徹正殿。

大家轉頭看向聲音的源頭，只見黑田站在正殿門口，不懷好意的看著所有人。

「怎麼又是那個人？」健太滿臉不悅。

「呵呵呵，你以為我被嚇跑了嗎？我只是逗你們玩的。很可惜，別看我這樣，我對科學可是非常了解，我已經看穿你們用鬼諭示騙人的手法了。」

健太感到非常訝異，悄聲對真實說：「那個人也解開謎團了？鬼諭示真的是騙人的嗎？」

「……」真實默不作聲的看著黑田。

黑田慢條斯理，沿著壁面走來，說：「我就大發慈悲給你們點提示吧！第一個提示是環繞這個正殿空間的『牆壁』。」黑田邊說邊拍打著牆面。

「另一個提示是『聲音』。聲音很有趣，一碰到牆壁就會像球一樣反彈。」

「聲音像球一樣？咦？這句話我好像在哪裡聽過……」健太歪著頭思考著。

「鳴龍。鬼諭示和相國寺的鳴龍一樣，都是聲音反彈的魔法。」真實冷靜的說。

「聲音反彈的魔法？」

「接下來只要仔細看過這個房間，應該就可以知道——為什麼牆壁沒有任何機關，卻能夠聽見鬼的諭示？」

健太看著正殿內部，依舊無法解開謎團。

「我們就先聽聽他的推理吧！」真實用食指推了推眼鏡。

解謎篇

「呵呵呵，對著牆壁小聲商量這招，的確很高明。」黑田沿著牆壁慢慢走，繼續往下說：「商量的聲音很小，只要站遠一點就聽不見，但是小小的『聲音之球』就會散開。」說到這裡，黑田停下腳步，露出邪惡的笑容。

「可是呢，如果這樣做的話，情況可就不同了。」黑田把臉湊近牆壁，臉上的笑容更加猖狂。

「這座正殿的牆壁是弧形的，這就是關鍵。對著牆壁低語，『聲音之球』並不會往四面八方散開，反而會撞上弧形的壁面，再沿著牆壁前進。聲音依照這種方式不斷往前，即使音量再小，也能夠傳播到數十公尺遠的地方。」

黑田一臉得意的看向眾人，彷彿在對大家說「這下子你們無話可說了吧」。

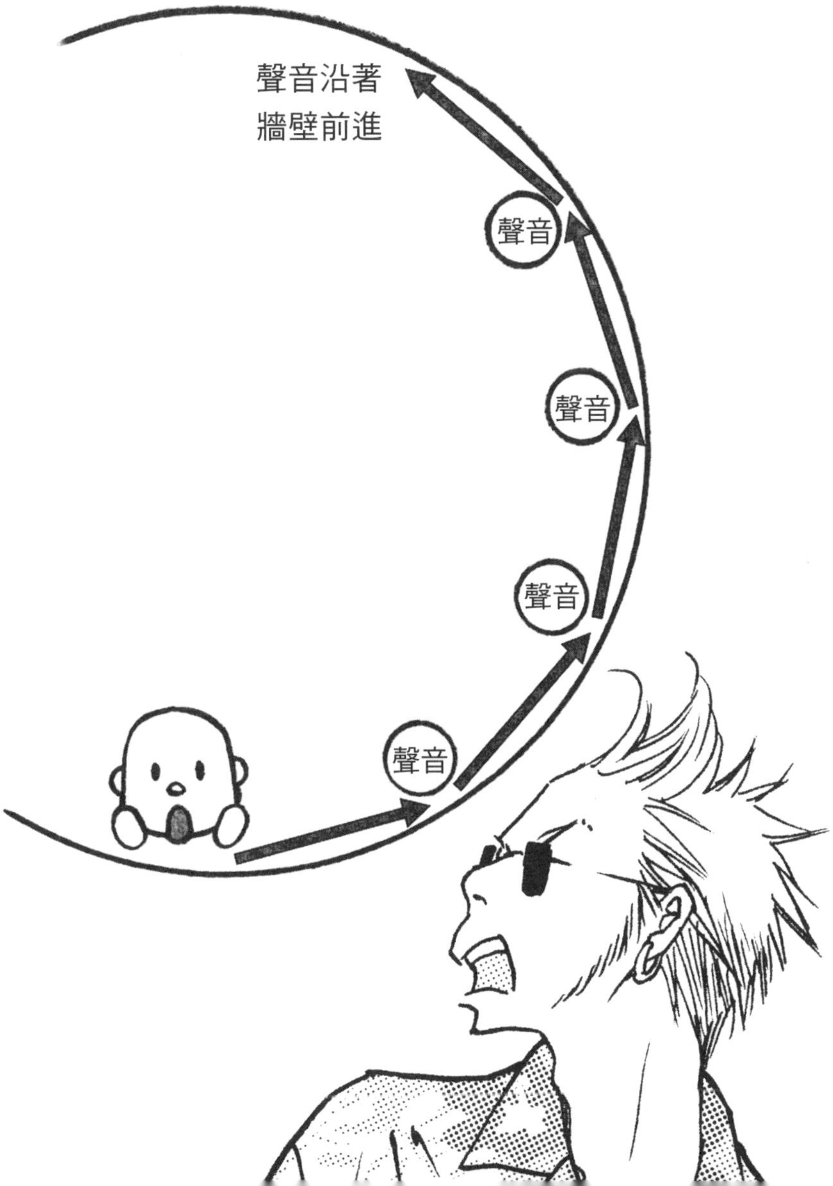
聲音沿著
牆壁前進
聲音
聲音
聲音
聲音

「這種設計叫『耳語迴廊*』，在世界上也算罕見，不過我可以確定這個正殿就是其中一個。」

「耳語迴廊？」健太倒吸了一口氣。

原本沉默的僧侶，走到黑田面前，「你的意思是，鬼神大人的諭示是因為有人在某處，靠著弧形牆設計這些耳語嗎？」

「正是。」黑田自信滿滿的點點頭，僧侶則是大大搖頭。

「說那什麼話！你剛才不也親自檢查過，牆壁上沒有任何機關。你倒是說說看，是誰？在哪裡？發出那些諭示呢？」僧侶嘗試著抑制自己激動的情緒。

健太快速的看了正殿一圈，並沒有發現什麼可疑人物靠著牆邊輕聲耳語。

但是，黑田卻露出邪氣的笑容。

「我說過了吧？只要對著弧形牆耳語，即使是細小的聲音，也能傳到數十公尺外的地方，當然……距離這個鬼臉最遠的牆面也可以。」說完，黑田指向牆壁一處。

「距離鬼臉最遠的牆面，就位於鬼臉的正對面。那裡有什麼呢？有個有趣的東西！」

那裡擺著一個木製置物櫃。

「哇，是置物櫃呢！而且大小正好能容納一個人。櫃子裡面裝了什麼？」黑田詢問僧侶，僧侶的表情變得焦慮。

「我、我怎麼會知道……」

黑田緩步走向置物櫃，「呵呵呵，假如這個置物櫃裡躲著人，該怎

*耳語迴廊：英國倫敦的聖保羅大教堂和中國北京的天壇公園，都有類似「耳語迴廊」這種回音壁的設計。如果有機會造訪，請務必試試聲音的魔法。

麼辦才好呢？倘若有人在置物櫃裡裝神弄鬼，並對著牆壁耳語，又該怎麼處理才好呢？」

黑田逐漸靠近置物櫃，健太看向真實，祈求著說：「他說的是真的嗎？鬼諭示真的是騙人的嗎？」

「用不著擔心。」真實冷冷的回答。

但是話才說完，真實就衝向牆面鬼，用力推倒原本放置在前方的折疊椅。

「喀噹！」正殿裡發出巨大聲響，大家紛紛轉頭看向真實。

「搞什麼！吵死了！」黑田怒罵真實，真實依舊面無表情。

「抱歉，一時手滑……」

「哼！小心點。」黑田重新板起臉孔走向置物櫃。「好了！我們來看看該怎麼整治這個騙人鬼。」黑田伸手用力拉開置物櫃的門。

「啊！」健太什麼都還沒看到，就忍不住大叫。

置物櫃裡面是空的。

黑田一臉慌張，「沒人？怎麼可能！」

眾人窸窸窣窣的議論著，真實走近黑田身邊，「黑田先生，你說鬼諭示是騙人的，是有人躲在置物櫃裡裝神弄鬼，但置物櫃裡半個人都沒有，這到底是怎麼一回

事呢？」

「那、那是……」黑田的額頭冒出冷汗。

真實撥了撥輕柔的頭髮，繼續說：「既然如此，答案只有一個，鬼諭示不是謊言而是真的。」

「怎麼可能！不可能！」

「你要試試看嗎？」真實轉身走向牆面鬼，說：「請告訴我，剛才的諭示，即將降臨在黑田先生身上的『重大不幸』，那是什麼樣的不幸呢？」真實把耳朵貼上牆面鬼的嘴。

接著——

「嗯……原來如此。」真實看起來像是在與鬼對話。

「你別再演什麼爛戲了！」黑田驚呼著說。

「好的，我明白了。」真實對牆面鬼回應後，轉向黑田：「黑田先生，鬼有諭示要我轉達給你。」

「少騙人了！怎麼可能有那種東西。」

「鬼諭示如下：你挪用了公款，如果這件事曝了光，一定不會輕易放過你。」

黑田的臉色大變，「你怎麼會知道這件事？」

「我不是說了嗎？這是鬼的諭示。如果諭示說對了，你現在似乎不應該留在這裡。」

「可……可惡！」黑田發抖的手抹去額頭上的汗水，飛也似的逃出正殿。

等到大門一關上，健太立刻跑向真實。

「真實，你真了不起！鬼諭示果然是真的，沒錯吧？」健太的眼神中滿是期待。

「很遺憾，這並不是真的。等一會兒我再解釋。」真實說。

「讓我來解釋吧！」健太回過頭，一位西裝革履的俊逸青年站在那兒。

「我是占卜師大泉八雲。」

「大泉八雲……我記得你是相國寺附近，那位很受歡迎的帥哥占卜師，對吧？這到底是怎麼一回事？」健太滿心不解。

八雲看著僧侶，問：「我可以說嗎？說出所有的祕密？」

僧侶靜靜的點點頭，「說吧！反正總有一天得說出真相。」

八雲轉向眾人，開始解釋，「那個男人黑田，他的推理沒錯，鬼諭示的確不是真的，而是利用這個正殿牆壁的特殊構造，由我躲在置物櫃裡提供『諭示』。各位看，就像這樣……」八雲取下原本掛在置物櫃裡的鏡子。

置物櫃裡出現一個洞，洞裡看出去，能夠看到正殿的牆壁。

「可是，剛剛黑田打開置物櫃時，裡面並沒有人啊？」健太提出疑問，八雲邊點頭，邊指向真實。

「是他救了我。」

「真實？」

「是的。黑田接近置物櫃時，我人就在裡面。當我正擔心鬼諭示的詭計即將被揭穿，一切都完了……就在那個時候……」

「我用這個轉移了眾人的注意力。」真實的手中拿著折疊椅。

「啊！所以你才……」健太忍不住拍了一下手。

真實故意弄倒椅子，順利將眾人的目光從置物櫃那裡引開。

「弄倒椅子之前，這位同學還先對著牆壁耳語，悄悄告訴我『快趁現在離開那裡』，那個聲音透過牆壁傳來，在置物櫃裡也能清楚聽見。於是我趁著椅子倒地，黑田的注意力轉移時，離開了置

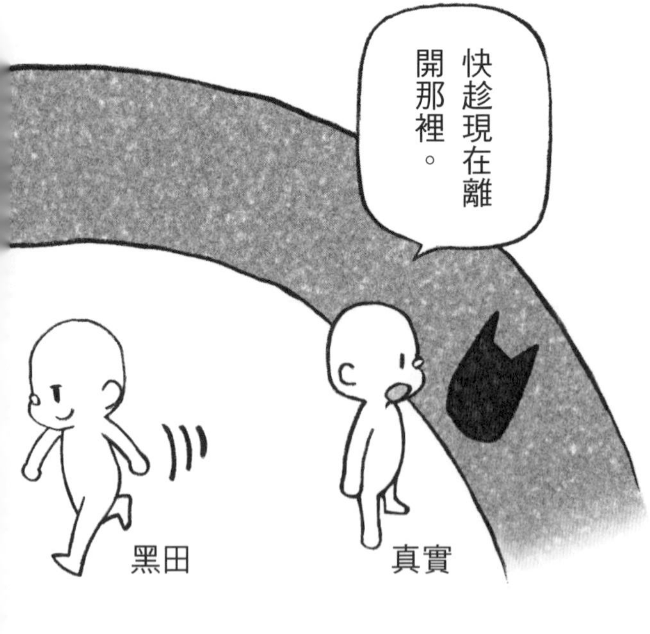

物櫃。」八雲繼續說。

「所以置物櫃裡才會是空的。咦？可是，最後的諭示呢？那個時候真實聽到的又是誰的聲音？」

「我並沒有聽到任何人的聲音，只是假裝我有聽見而已。」真實說。

「假裝聽見？」

看到健太滿臉疑惑，八雲再度說明：「趁著眾人的注意力都在空蕩蕩的置物櫃時，這位同學靠近我，說：『告訴我黑田的弱點。』所以，我就把最近聽到黑田的惡行告訴他。不過……你怎麼會知道我曉得黑田

的弱點？」

「這是很簡單的推理。大家都說鬼諭示很準，能夠做到這點，背後一定是有人氣占卜師八雲先生在操控。既然你是占卜師，我想應該能從許多人那兒聽到各種消息。」

「原來如此，所以你早就看穿了一切。」八雲佩服不已。

「再來就是把從八雲先生那兒問來的『弱點』，以假裝得到鬼諭示的方式告訴黑田。」

「真實真了不起！」

僧侶從正在感動的健太身後走出來，朝在場的人深深一鞠躬，「本寺利用鬼諭示欺騙眾人，實在非常抱歉。這一切都是為了保護寺院不被那些流氓奪走。」

「不！是我向從小一起長大的好朋友，提出這個鬼諭示的點子。」

八雲也跟著鞠躬道歉。

「我從小就知道正殿的牆壁是座『耳語迴廊』，利用這一點來假裝鬼諭示，是為了引人矚目，讓那些流氓無法對寺院出手，所以我在牆壁畫上像鬼的汙漬，因為我們不想失去這間重要的寺院。」

不知道從什麼時候開始，眾人團團圍住僧侶和八雲，並鼓起掌。在持續很久的掌聲中，健太微笑著看向真實。

後來，真實和健太兩人再次沒有趕上集合時間，不用說當然又遭到惡鬼般的杉田一一頓痛罵。

3

SCIENCE TRICK DATA FILE

科學詭計檔案

聲音的傳遞

打鼓時，鼓面會振動，這種「振動」就是聲音的真面目。鼓面振動時，與鼓接觸的空氣也跟著振動，聲音透過空氣傳遞，所以我們聽見了鼓聲。而在水中則是利用水的振動來傳遞聲音，也就是說，如果沒有能夠振動的東西，就無法傳遞聲音，因此在

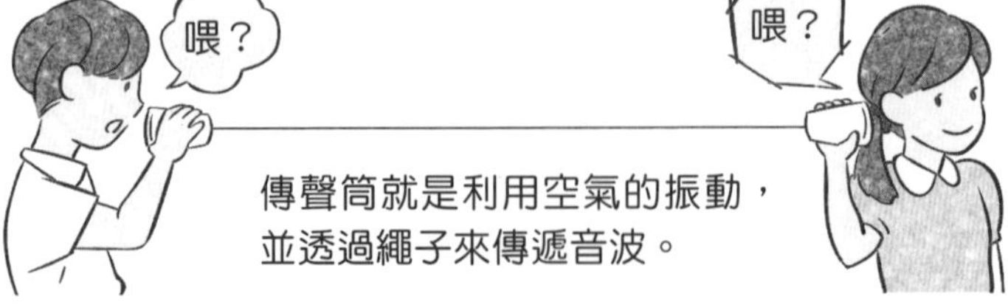

傳聲筒就是利用空氣的振動，
並透過繩子來傳遞音波。

沒有空氣的地方，比方說太空，就聽不到聲音。

聲音傳遞的速度也會因為振動的物體（傳遞聲音的物體）與溫度而改變。舉例來說，在空氣中，聲音一秒鐘大約可前進三百四十公尺，這速度比噴射機還要快；聲音在水中傳遞又比在空氣中更快，一秒鐘大約可前進一千五百公尺。

A：聲音在水中傳遞的速度比在空氣中更快。

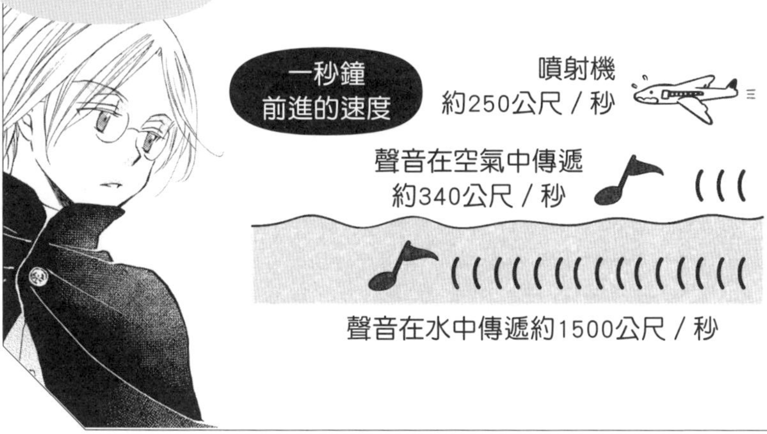

在黑暗中發光的眼睛

受詛咒的校外旅行 4

事件篇

「所以我不是說沒有了嗎？」杉田一嚴厲的說。

「沒那回事，我說有就是有！」健太高聲反駁。

綽號「認真杉」的杉田一，相當罕見的在與健太爭辯。

校外旅行的第二天下午，大夥趁著休息時間來到一家茶館，爭論的內容就來自於剛才參觀的「知恩院」。

這間寺院裡有一幅稱作「三方正面真向之貓」的畫作，不管你從任何角度看向畫裡的貓，牠都像是正面對著看畫

三方正面真向之貓（模仿畫）

的人。

健太重複確認過《京都觀光手冊》中的介紹，非常期待看到這幅有趣的畫作。

「我從右邊、左邊、下面，各種角度都確認過了，不管從哪個角度看過去，都會對上那隻貓的眼睛。」健太熱切的主張。

「所以我說你單純。那幅畫裡的貓，牠的眼睛中央畫有黑色的瞳孔，所以從任何角度看過去，都會產生與貓四目相對的錯覺。哎，畢竟你不像我這個班長身經百戰，會被錯覺牽著鼻子走也不意外。」杉田一露出一副不可一世的模樣。

「錯覺？可是我真的和貓四目相對了。真實，你說說話嘛！」健太向坐在身後的真實求救。

真實瞥了一眼，看的卻不是健太的臉，而是放在長椅上，裝著甜饅頭的器皿。

「最後一個，沒人要吃嗎？」

器皿裡還剩下一個褐色外皮的甜饅頭。

「當然要吃。這是我的！」健太說。

「看清楚，這顆甜饅頭並不在器皿的正中央，它比較靠近我，怎麼看都是我的。」杉田一搶著說。

著急。

「才沒有！它明明比較靠近我，和我距離一點五公分。」健太有點

氣堅定。

「不！距離我只有零點七公分，當然是離我比較近。」杉田一的語

就知道了？」

真實從背包裡拿出一把尺，遞到兩人面前，「既然這樣，量量看不

中央。

用尺一量後，健太和杉田一錯愕不已，因為甜饅頭就放在器皿的正

「為什麼？看起來明明離我比較近。」

「才不是！應該是離我比較近。究竟是怎麼一回事？」

真實的語氣中帶有同情：「你們不是才剛爭論過『三方正面真向之貓』？這和那幅畫一樣，都是眼睛的錯覺。」

「眼睛的錯覺？」健太和杉田一同時看向甜饅頭。

真實繼續說：「從斜上方往下看時，甜饅頭略微遮住了靠近自己這邊器皿的邊緣；相反的，另一側器皿的邊緣卻能夠完整的被看見。因此即使甜饅頭就放在器皿的正中央，也會讓人感覺比較靠近自己這邊。不管從哪一邊看過去，看到的人都會覺得甜饅頭比較靠近自己。」

「你說這是錯覺？」杉田一

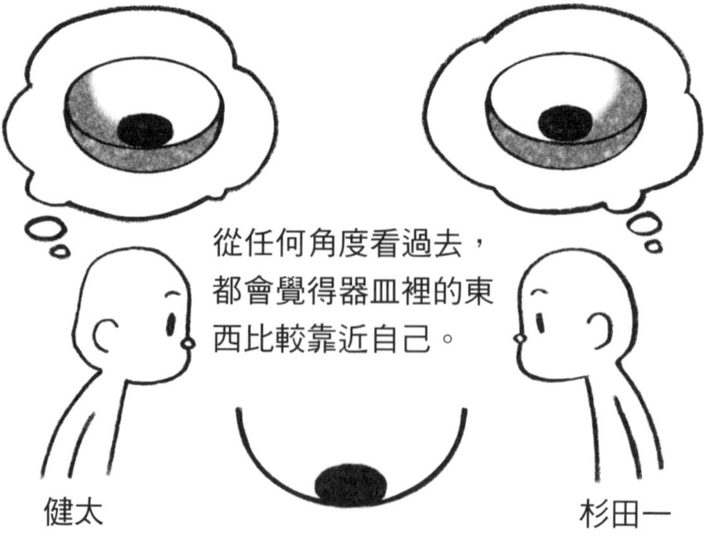

從任何角度看過去，
都會覺得器皿裡的東
西比較靠近自己。
健太
杉田一

滿臉疑問。

「用不著在意，一般人都會被錯覺欺騙。」真實拿起裝著抹茶的茶碗，稍微轉動後喝了口茶。

「一般人？你說身為班長的我？」

大概是感到不甘心吧？杉田一的臉越來越紅。

「砰！」杉田一猛然站起身。

「真實，我要向你提出戰帖！如果你無法解開我出的謎題，你和健太明天禁止外出，就當作之前每次集合時間都遲到的懲罰，你們必須一整天都乖乖待在旅館裡，不給大家添麻煩。你願意接受嗎？」杉田一義正詞嚴的說。

（什麼！不能外出？）

健太感到慌張，但是他也知道杉田一這個人一旦把話說出口，就沒有轉圜的餘地。

真實佯裝沒聽見，面無表情的繼續喝著茶。

「聽好了，我聽旅館的人說，傍晚時分，曾有人在旅館後山看到巨大的樹妖，他雙眼發光，表情猙獰的瞪著人。真實，你就負責揭開樹妖的真面目吧！」

健太不禁顫抖了起來。

（巨大樹妖？聽起來好可怕……但如果樹妖真的存在，我倒是想親眼看看。）

真實把手中的茶碗轉了一圈後輕輕放下，淡定的說：「真是個有趣的謎團啊！」

「那就這樣說定了。今晚的試膽大會，我和真實一組。」杉田一自顧自的往下說。

「試膽大會？」健太睜大雙眼。

當天晚上的自由活動時間，六年二班提議進行試膽大會，不過地點尚未決定。

「想要試膽就得在有妖怪出沒的旅館後山，再沒有其他更適合的場地了。我要請真實當著我的面，好好解開謎團。你沒有異議吧？」杉田一看向真實。

同一時間的另一處，大前老師和河合老師兩個人正在茶館的中庭聊著天。

沒多久前，河合老師一看到大前老師出現，想都沒想的就急忙出聲叫住他。

「那個……大前老師，你為什麼會當自然科學社團的顧問呢？」河合老師羞澀的問。

「其實是因為我從小就常常去爬山。」

「你的意思是，你很喜歡大自然嗎？」

「也不是這樣說。與其說喜歡大自然……應該說我很愛蕈菇。」大前老師說。

「蕈菇？」

一提到蕈菇，大前老師的雙眼猶如星光般閃耀，話匣子一開就說個不停。

「蕈菇真的很神奇！一般人以為蕈菇是植物，事實上它們屬於真菌界，也就是黴菌的同伴。光是日本就有五千種以上的蕈菇，有名字的約有兩千種，可食用的則約有兩百種。其中還有會『發光』的蕈菇。啊！河合老師應該對蕈菇不感興趣吧？」滔滔不絕的大前老師突然意識到而回過神來。

「呃……不、不會！我很想看看會發光的蕈菇呢！」河合老師連忙回應。

「對了！今天晚上如果方便的話，可否借我一點時間？我有個東西想讓你看看。」大前老師的臉上堆滿了笑容。

「今天晚上？」

（那種時間要讓我看什麼？該不會是……戒指？難道大前老師打算跟我求婚？）

河合老師的心臟在胸口狂跳。

晚上七點鐘，六年二班的同學們在杉田一的號召下，準時在旅館後山集合。

雖說是後山，但這裡簡直和植物園沒有兩樣。旅館上一代的老闆熱愛園藝，在大片腹地上種滿了各式各樣不同樣貌的植物。

往山裡深處看去，那裡是一大片幽暗陰森的森林，既沒有燈光也沒有人跡。

「接下來要抽籤決定試膽大會的搭檔。」杉田一搖了搖手中的籤筒對大家說。

（巨大樹妖真的會出現嗎？）

健太非常緊張，其他同學也感到不安。

注意到大家的反應，杉田一清了清喉嚨，說：「各位別擔心。充滿責任感的我會率先出發，揭開妖怪的真面目讓你們瞧瞧。」說完還得意的拍拍胸脯。

「可是你的搭檔真實好像還沒來？」

杉田一的臉色大變。

「你說什麼？他還沒來？該不會是因為害怕而逃走了吧？」杉田一生氣的說。

「真實不可能逃走，只可能是自己一個人先去解謎了。」健太認真回答。

「自己一個人？他想獨占功勞嗎？我可不會讓他得逞。」杉田一說完，跨了一大步走向健太。

「你要做什麼？」健太一臉困惑。

杉田一一把抓住健太的手高高舉起，「好！我決定換搭檔。就由健太你代替真實和我組隊，一起出發。」

「什麼！」健太的叫聲響徹整座後山。

後山的林木茂密，健太和杉田一彎著腰在森林裡前進。

「手電筒要照清楚啊！你看，你的手都在發抖。」

「杉、杉田一，明明是你不敢自己一個人來。」健太說。

這時，健太的手電筒照到某個東西，一個白色的物體在黑暗中浮

現——居然是顆骷髏頭。

「哇！出、出現了。」

「啊！」健太和杉田一尖叫並跌坐在地。

兩人定睛一看，那只是立在大樹旁的告示板，「小心毒菇！」這幾個字旁，畫著一個可怕的骷髏頭。

「什麼嘛！原來只是個告示板。」

「真是嚇死人了。嗯？」

杉田一注意到地上有腳印。

「這腳印，該不會是真實留下來的吧？」

「這腳印對真實來說，似乎有點大……」

腳印越過骷髏頭告示板，延伸到森林深處。

「一定是他的腳印，我們走！」杉田一站起身往前走。

「等等我！」健太邊喊邊快步跟上。

越往森林深處，陰森的氣氛令人越不安，環繞在兩人四周的林木，樹幹扭曲、樹枝交纏的模樣就像隨時會動起來。

「不可怕！不可怕！嗯，我不怕……」健太的聲音顫抖著。

「滋……滋滋……」突然，手電筒的燈光暗下。

「手電筒沒電了嗎？」

緊接著杉田一的手電筒也失去燈光。

「看樣子，手電筒的電池都太舊了。」

健太和杉田一兩人被黑暗徹底包圍，此刻已無法分辨前後左右。

「怎麼辦？我們回去吧？」

就在他們打算循原路往回走時，健太的腳一滑，冷不防的抓住杉田一的手臂。

「哇——」

「怎麼回事？啊——」

「咕嚕咕嚕……咕嚕咕嚕……」兩人滾下陡坡，就像落入巨型的蟻獅陷阱*。

「痛……」

「杉田一，你還好嗎？」

*蟻獅陷阱：蟻獅是蟻蛉的幼蟲，會在土裡挖出漏斗狀的陷阱，並潛伏在底部，等待螞蟻等落入後捕食，吸取牠們的體液。蟻獅沒有肛門，直到成蟲前都不會排便。

他們奮力坐起身，發現自己坐在一個有如教室般這麼大的凹洞裡，四周都是高聳的斜坡。

「這裡是哪裡？我們好像跌進一個大洞……」

健太才說完，杉田一突然大叫：「快看那裡！」

健太朝杉田一顫抖的手指方向看去，幾公尺外有個東西發出朦朧的光，健太驚懼的呆立原地，「怦怦！怦怦！」心臟不自覺的猛烈跳動。

「那、那個該不會是……」

散發著淡淡光芒的，正是巨大樹妖。

它的高度約二十公尺，籠罩在綠光中，樹幹因扭曲而變形，詭異的樹枝如手腳般伸長，粗大的樹幹中央有著一張臉，發出綠光的眼睛瞪著兩人，撕裂的大嘴就像是要吞沒他們。

「哇！出、出現了！」健太和杉田一扯著喉嚨大叫。

「沙沙沙——轟嗡嗡——」樹妖大幅度的晃動身軀，朝兩人伸出長長的手臂。

「快逃！」兩人連忙往身後剛才滾下來的斜坡向上爬。

但是，斜坡長滿青苔，健太和杉田一怎麼樣也爬不上去。

「怎麼辦？逃不了了！」凹洞的四周滿是滑溜的斜坡，再這樣下去，樹妖就要抓住他們了。

「我們往那走！」杉田一指著樹妖右側的斜坡跑過去，健太拚了命的跟上。

就在那瞬間——樹妖發光的眼珠子一轉，瞪向健太他們。

「它看向這邊了！它發現我們了！」

「快！我們去另一邊。」兩人飛也似的跑過樹妖面前，改往左側的斜坡跑去。

然而，樹妖再度轉動眼珠，瞪向兩人。

「啊！不行！又被它發現了。」

不管健太和杉田一逃往何處，下一秒，巨大樹妖發光的眼睛馬上就瞪向他們。

「我們還是從剛剛滑落的那個斜坡試圖往上爬吧！」健太快速的做了決定。

杉田一同意的點點頭，和健太轉身背對樹妖，想要一口氣衝上眼前的斜坡。

腳下的苔蘚很滑，他們奮力擺動雙腳，手腳並用的往上爬，好不容易才逃出凹洞。

「成功了！」

「現在不是開心的時候，快逃啊！」

兩人一股勁兒的在黑暗的森林中拔腿狂奔，突然有個人影出現在他們面前。

「啊！」

健太和杉田一嚇到腿軟，一道強烈的光線直直照射在兩人臉上，兩人幾乎睜不開眼。

「健太？杉田一？」

那是真實的聲音。

「真實？你剛才去哪裡了？」杉田一指責著說。

「我去後山調查，順便請旅館的人讓我看看之前的紀錄。」真實一如往常的平靜。

「現在不是做那種事的時候，樹妖真的出現了！你一定不會相信，它有這麼大……」

健太展開雙臂，想要說明樹妖的模樣。

「還發出綠光，對吧？」

「咦，你怎麼知道？」

「謎團已經解開了，我掌握到揭曉樹妖真面目的關鍵。」有別於健太的慌張，真實冷靜的說。

「揭曉真面目的關鍵？那是什麼意思？」杉田一難以認同的提出心中的疑問。

「第一個關鍵是這個。」真實用手電筒照了照四周，光線停留在一根白色的樹幹上。

「這是山毛櫸*，在旅館的紀錄中，曾經提到這座後山種著許多山毛櫸。」真實開始解釋。

「山毛櫸？這和樹妖有什麼關係？」

杉田一和健太完全沒有辦法理解，這哪是什麼揭開巨大樹妖真面目的關鍵。

「第二個關鍵是森林入口處的告示板。」

不理會杉田一與健太的提問，真實繼續往下說。

「你說的是畫著骷髏頭，上面寫著『小心毒菇！』的那塊板子？」健太忍不住插嘴。

真實點點頭，「山毛櫸和毒菇。當我看到這兩樣東西時，我就知道答案了。」

「這兩樣東西有什麼問題嗎？」這次換杉田一打斷真實的說明。

「長在山毛櫸上的毒菇中，有一種擁有特別有趣的特性，你們看，就是這個。」

真實用手電筒照向自己的手掌心，他的掌心裡有個直徑約十公分的褐色蕈菇。

「這是毒菇嗎？看起來和普通的香菇沒什麼不同。」杉田一擺出一

*山毛櫸：天然的山毛櫸林現在非常少見。橫跨日本青森縣和秋田縣境內的白神山地，有著大片的山毛櫸原生林，珍貴的大自然景色，被登錄為世界遺產。

副不以為然的樣子。

「這是『月夜茸』。至於它有什麼奇妙的特性，我現在就展示給你們看。」

說完，真實馬上關上手電筒的燈光。

「哇！」健太和杉田一同時發出驚嘆聲。

月夜茸在黑暗中發出淡淡的綠色光芒。

「蕈菇會發光？」

「嗯，這就是我找到的答案。

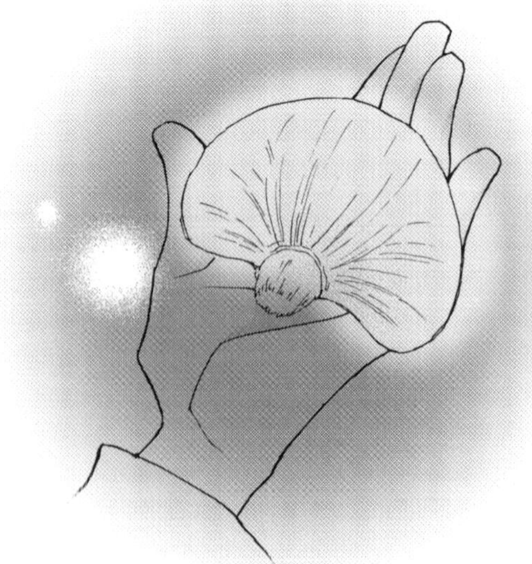

眼睛發光的樹妖，它的真實身分就是『月光菌』。」真實的語氣中充滿自信。

「這就是你的解釋嗎？真是令人聽不下去。」杉田一大大搖頭，冷哼一聲。

「你聽好！樹妖發光的眼睛不但會轉動，還瞪著我們，這一點你怎麼解釋？你該不會打算要說，是蕈菇在樹妖的眼睛那兒轉來轉去吧？」杉田一大聲的提出質疑。

聽到這番話，真實沒有動氣，仍是維持一派的優雅。

「你們今天早上應該已經看過這道謎題的答案了。」真實語帶玄機的說。

「今天早上？」

健太和杉田一看向彼此。

真實撥了撥輕柔的髮絲，繼續說：「可以帶我去你們剛剛看到樹妖的地方嗎？那裡就能解釋發光的眼睛為什麼會轉動。」

解謎篇

「快到了，就在那個斜坡下面。」

真實、健太和杉田一手拉著手，小心翼翼的走到凹洞底部。

「樹妖就在那裡！你看，它在動。」

健太指的方向，的確有個發著綠光的巨大樹妖。

「沙沙沙——轟嗡嗡——」樹幹和樹枝劇烈晃動，樹妖的眼珠子散發著朦朧的光芒。

「果然不出我所料。」真實邁開大步，走向樹妖。

「真的沒問題嗎？你會被樹妖抓住的！」健太提心吊膽的緊緊跟在真實後頭。

真實舉起手電筒照向樹妖，回頭對健太說：「它並不是樹妖，只是隨風搖曳的一棵老山毛櫸罷了。」

「老山毛櫸？」杉田一也膽顫心驚的靠近大樹。

眼前的這根白色樹幹，表面密密麻麻的覆蓋著一層發出綠光的蕈菇。

「太驚人了吧！這些全部都是『月夜茸』嗎？」

真實點了點頭，「『月夜茸』大多生長在這種樹齡很老的山毛櫸上，蕈菇長大張開蕈傘後，就會發

光。至於為什麼會發光，目前尚未找到原因。」

「所以這棵樹才會發出綠光？」

真實又把手電筒向上一照，那個像是血盆大口的地方，不過是個樹幹上裂開的大洞。

「而那裡就是眼珠子會轉動的真相。」真實所指的地方也有兩個樹洞，樹洞深處長著月夜茸，發出淡淡的綠光。

「這個說法我無法接受，那為什麼這個叫月夜茸的東西看起來會轉動呢？」杉田一不滿的質問。

「關鍵就是今天早上剩下的那顆甜饅頭。」

「甜饅頭？」健太和杉田一錯愕的看著真實。

「當時無論從什麼角度看過去，都覺得甜饅頭比較靠近自己，不是嗎？樹妖的眼珠子會轉動也是同樣的道理。」真實邊說邊靠近樹幹上的兩個樹洞。

「聽好了，假設裝甜饅頭的器皿就是這個樹洞，而甜饅頭就是樹洞裡發光的月夜茸，從任何角度看過去，樹洞裡的月夜茸都像是比較靠近自己，所以就會產生眼珠子會轉動的錯覺。」

「又是錯覺？」

健太和杉田一從樹的右邊看向兩個樹洞，月夜茸看起來就像在樹洞的右側。

接著，兩人移動到樹的另一

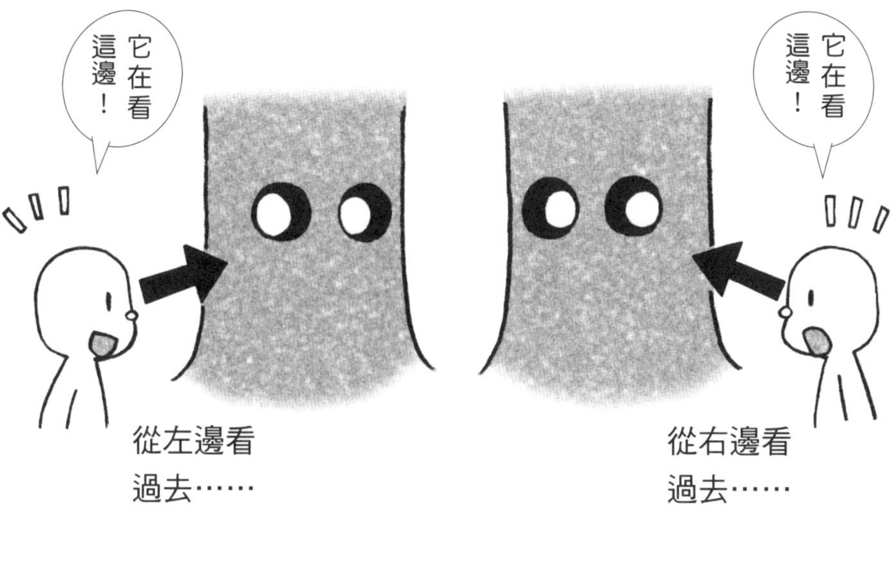
它在看這邊！
從左邊看過去……
它在看這邊！
從右邊看過去……

邊，月夜茸彷彿跟著他們，像是移動到了樹洞的左側。

「真的！我們一移動，樹洞裡的月夜茸就像是跟著移動了。」健太和杉田一驚訝的看著對方。

「對！這就是樹妖眼睛轉動之謎的解答。」

「什麼嘛！原來是這麼一回事。」健太拍拍胸口，鬆了一口氣。

這時候——

「你們看那邊！」杉田一突然指著斜坡上面，那裡輕輕飄著一抹淺綠色的光。

「那是鬼火*嗎？」健太屏住氣息。

綠光進入森林深處，轉眼間消失無蹤。

「那也是眼睛的錯覺嗎？」

健太揉揉眼睛，但真實搖搖頭。

「不是！那個不是錯覺，那道光是真的，我們過去看看。」

「鬼火究竟要去哪裡？」

健太他們三人跟著輕飄飄移動的光芒，在樹林間穿梭。

樹林的那一頭有一扇舊門，似乎是這座後山的出入口。仔細一看，門旁有人。

杉田一瞇起眼睛說：「嗯？那個人是河合老師嗎？」

他們看到一頭蓬鬆的長捲髮在風中飛舞，那正是有著「花森小學女神」之稱的河合老師。

「鬼火該不會是來找河合老師的吧？」健太才說完，耳邊就傳來熟悉的聲音。

*鬼火：夜晚時在墓地或荒野出現的淡綠色磷光，民間迷信稱為「鬼火」，其實是由屍骨所分解出的磷質與空氣中的氧接觸後，燃燒所呈現的微弱綠光。

「河合老師，抱歉讓你久等了！」班導大前老師從樹林間竄出，手上還拿著一個透明容器，裡頭裝滿散發綠光的月夜茸。

「這種會發光的蕈菇叫作月夜茸。你覺得如何？很漂亮吧？我費了一番功夫才找到的。」

那個健太誤認為是鬼火的綠光，就是大前老師裝在容器裡的月夜茸所發出的光芒。

「你說想讓我看的東西……就是這個？」河合老師愣在原地。

「對！你早上這麼說過吧？你想要看看會發光的蕈菇。」

（說……說得也是，想也知道不可能是戒指……呵呵……呵呵。）

「果然只要看到蕈菇，就會自然的露出笑容，哈哈哈。」

「那就是鬼火的真相嗎？」杉田一忍不住嘆息。

「總之樹妖之謎解開了，我們快回去告訴班上同學吧！」真實說。

「呃……可以由我來說嗎？」

「隨便你。」

「畢竟是大家一起解開的謎團。那麼，身為班長的我也不好推辭，只好代表我們三個去向大家說明了。」

「那我們明天可以外出吧，杉田一？」健太怯生生的詢問一臉得意的杉田一。

「真拿你們沒辦法，這次就特別准許吧！」

「太好了！真實，我們明天可以一起外出參觀了。」

健太露出燦爛的笑容看向真實，真實也點頭回應。

4

SCIENCE TRICK DATA FILE

科學詭計檔案

奇妙的蕈菇世界

蕈菇非動物界，更不屬於植物界，而是「真菌界」裡的一員。

蕈菇是由營養構造「菌絲體」和繁殖構造「子實體」組成。「菌絲體」像樹根一樣遍布在地下或枯樹內，供給「子實體」生長時所需要的養分，而子實體就是平常我們食用的部分，以植物來說相當於花。菌絲會先形成菌絲體，當環境適合的時候，才從表面長出子實體。

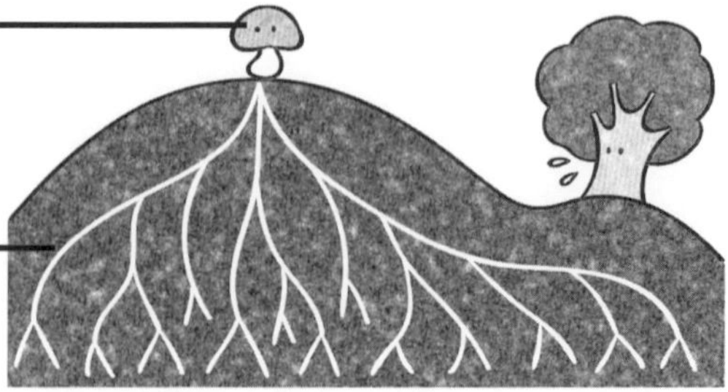

【子實體】
可供食用的部分。

【菌絲體】
蕈類的主要部分，
隱藏在地底等地方。

令人驚訝的
蕈菇

【蝶形花褶傘】
不小心吃到會
笑個不停。

A：對！蕈菇和黴
菌、酵母同樣屬於
「真菌界」。

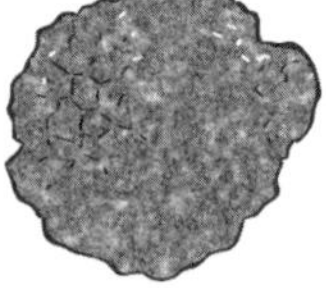

【冬蟲夏草】
寄生在昆蟲身
上，以昆蟲身
體為養分維生
的蕈菇。

【松露】
有著獨特香氣的蕈
菇，與魚子醬、鵝
肝醬並稱世界三大
美食。

池面浮現的文字

受詛咒的校外旅行 5

事件篇

校外旅行的第三天。下了遊覽車，出現在眼前的是一整片神木林立的奇幻美景。

這裡是貴船神社，也是京都鴨川的源頭，自日本平安時代（約西元八世紀至十二世紀）起，便擁有許多信眾，神社內供奉的神明因締結良緣靈驗而聞名。

學生們在神社境內分組參觀。

「你知道嗎？貴船神社據說是丑時釘草人*的發祥地。」美希小聲的對健太說。

「丑時釘草人？你是說那個詛咒用的稻草小人嗎？」健太感到興奮又有點驚慌。

「對！就是那個。」美希語帶神祕。

很久以前，宇治有個叫橋姬*的人，為了詛咒情敵，連續七天的丑時，在貴船神社釘草人。據說現在不時還能夠聽到用釘子釘草人的咚咚聲。」美希像是曾經親眼目睹般的說著。

「釘草人的咚咚聲嗎？什麼！你說現在還聽得到？」健太感到毛骨悚然。

「聽說在釘草人的時候如果被人看到，就必須殺掉看到的那個人。希望不會發生什麼可怕的事……」美希帶著恐怖的音調，不忘給健太最後一擊。

說完，美希像完成任務一樣，只留下害怕的健太，逕自回到自己的班上。

*丑時釘草人：用釘子把稻草人釘在樹上，藉此詛咒他人的法術。施法者通常身著白色和服，頭上戴著豎立三根蠟燭的鐵製高腳燭臺，胸口則掛著驅魔用的鏡子。這裡的丑時是指凌晨兩點左右。

*宇治的橋姬：傳說她因為瘋狂嫉妒，活生生的從人變成了惡鬼，並咬死丈夫與情敵。

（怎麼辦？美希說的會是真的嗎？如果一個不小心，遇到正在釘草人的人……天啊！）

畢竟健太的媽媽常說他是個「倒楣的孩子」。

參觀時，健太盡可能低著頭，不看其他地方。

「咦？」

健太突然抬頭，身邊卻沒有半個人。

「不會吧？大家都跑去哪裡了？」漫不經心的健太似乎和同學們走散了。

他慌張的四處張望，發現樹蔭下站著一個人，那個人頭髮凌亂，手上握著某樣東西，散發出一股陰鬱的氣息。

（真的讓我遇上了！他該不會是打算釘草人吧？怎麼辦？他看到我了嗎？）

健太僵在原地，想逃跑，雙腿卻發軟動不了。

這時，樹蔭下的人突然轉頭看向健太，嚇得健太的心臟差點就要停止跳動。

仔細一看，那個人竟然是河合老師。

（搞什麼嘛！）

健太大大鬆了一口氣，開口問：「河合老師，你怎麼了？發生什麼事了嗎？」

「咦？沒、沒事。」

河合老師把原本緊握在手中的某樣東西快速收進口袋後匆忙離開，但那樣「東西」卻從她的口袋掉了出來。

「老師，你的東西掉了。」健太出聲想要喊住她，不過河合老師沒有聽見。

「這個是……什麼？」健太跑向前，撿起河合老師剛剛不小心遺落的東西。

看來像是籤紙，奇怪的是，籤紙上沒有任何占卜結果，在「未來」、「疾病」、「旅行」、「戀愛」、「願望」等項目下方，全是空白的。

「好怪喔！怎麼上面什麼都沒寫？」健太把籤紙翻過來又翻過去，感到不解。

「因為這是水占卜的籤紙。」

「咦？」健太回頭，看到不曉得從什麼時候開始，就站在自己身後的真實。

真實伸手拿走健太手中的那張籤紙，仔細的看了看，獨自陷入深深的思考。

「嗯……看來這張籤紙上面確實有寫些什麼。」真實對一臉疑惑的健太說。

「騙人！我檢查過了，籤紙上面明明是一片空白。」健太非常肯定的說。

「不是這樣看。不過，馬上就能看到。」真實說完，拿著籤紙邁步走開。

他們來到神社辦公室附近，稱為「御神水」的水池前，真實把手裡的籤紙放進水池，沒多久，籤紙上慢慢浮現出文字。

一開始只是模糊不清的字跡，最後出現有著清楚含意的文字；籤紙中央寫著「中吉」，空白的欄位分別顯現出各個項目的內容。

「難道是……魔法籤紙？」健太驚訝的說。

真實苦笑著回答：「這怎麼

可能？」接著說：「這張籤紙是用特殊的透明墨水，比方說容易與水結合的墨水所印製而成。把它泡在水中時，印有文字的地方吸收水分的多寡和其他地方不同，紙張顏色產生濃淡的對比，文字就會浮現。」

「這也就是說……」

「簡單來說，就是水中顯影的隱形字。」

「原來是這樣。」

用橘子汁之類的液體當作墨水在紙上寫字，再用火烤過，文字就會現形，稱為「火烤顯影的隱形字」；這個實驗在自然課時做過，健太還留有印象。

「不過，這張籤紙的內容也太不平衡了……」

河合老師抽到的籤紙其他運勢都很好，唯獨戀愛運，上頭寫著「必須重新考慮」這樣一句沒頭沒尾的話。

「怪不得河合老師那麼沮喪。」健太好像有點明白了。

結果，美希說的「可怕的事」並沒有發生，這天的行程就這樣平安結束。

參觀的行程結束後，同學們按照班別搭上遊覽車，準備前往今晚投宿的旅館。

在美希搭乘的六年一班遊覽車上，最愛八卦的女子三人組——山田綾、鈴木薰和田中悠子興奮的聊著天，坐在悠子旁的美希側耳聆聽三人的談話內容。

「你們知道嗎？今晚入住的京都『小池莊』旅館，有個叫『戀池』的水池，聽說在半夜十二點，把一張紅紙正面朝下扔進水池，就會浮現暗戀者的名字。」綾說。

悠子接著說：「這個我有聽說過。」

她是從去年參加校外旅行的姊姊那兒聽來的。

「紅紙上會浮現暗戀者的名字，真好……」薰重複著綾說的話，悄聲呢喃。

看到女子三人組陶醉的神情，美希訝異的說：「不會吧？你們都有喜歡的人了？」

「美希，你呢？」三個人同時追問美希。

「喜歡的人嗎？」

「該不會是……健太？」

「怎麼可能！我們才不是那種關係，我們只是青梅竹馬。」美希猛力搖頭，急忙否認。

「說得也是。」三人很乾脆的接受這個答案。

「你喜歡的果然還是真實吧？我常看到你們在一起。」

聽到薰這麼問，美希果斷的說：「沒有！只是因為我是新聞社的社長，所以對於能夠解開各種謎團的真實感到興趣罷了。而且，常和真實在一起，也容易搶到獨家。」

「喔……」

「那麼，真實喜歡的人會是誰呢？」

「咦？」

綾、薰和悠子的眼神像是要吃人似的，看向困惑的美希。

「那個……」美希腦海裡最先出現的竟是健太的臉。

（這麼說來，打從一開始，真實願意主動攀談的人，好像就只有健太？難道……）

「真實喜歡的是健……」美希差點說出來，又連忙改口：「應該沒有吧？真實的樣子看起來並不想要談戀愛。」

女子三人組面面相覷，頻頻點頭說：「的確。」

美希的心中對真實和健太間的關係感到好奇，身為記者的她，必須親自去確認。

傍晚，終於抵達傳說中有「戀池」的「小池莊」旅館。

「等一下！我有個祕密要告訴你們。」

晚餐後，美希喊住正要回房的真實和健太，告訴他們關於「戀池」的傳說。

「聽說在半夜十二點，把紅紙正面朝下扔進水池，就會浮現暗戀者的名字。你們想不想去確認看看傳聞的真實性呢？」

「這所學校的人真的都很不科學。」

「好像很好玩！真實，我們去試試嘛！」

真實雖然不感興趣，但仍在健太的糾纏下無奈答應。

「不過，我們在半夜偷跑出房間，沒有關係嗎？如果被濱老抓到，一定少不了一頓罰。」健太擔心的說。

「別擔心！」美希立刻說：「根據我們班的悠子從她姊姊那裡聽來的情報，晚上十點最後一次巡房結束後，老師們就會去聚餐。等到聚餐開始，他們會有一段時間都不會離開房間，那個時候出發，就不用擔心會被發現了。」

「原來如此。這樣我就放心了。」聽到美希掛保證，健太露出燦爛的微笑。

「那就這麼說定了。十一點五十分在中庭的『戀池』前集合，可以嗎？紅紙就由我來準備。你們一定要來喔！」

美希對兩人說完後，就離開前往旅館附設的禮品店買紅紙，那兒除了販售京都特有的名產點心、日用雜貨外，還有專為校外旅行的學生們設計的文具用品。

美希直接走向擺放文具的層架，拿起紅紙準備去結帳，正要離開時卻突然止步，因為她看到綾、薰和悠子也在店裡。

綾拿著舞妓圖案的砂糖罐，薰拿著橘子，悠子則拿著鮮花造型的透明香皂。

（綾買砂糖當作京都的伴手禮嗎？薰為什麼要買橘子？悠子用不著特地買香皂吧？浴場裡不是有沐浴乳嗎？）

美希感到疑惑，但又覺得買紅紙的事若讓她們知道會很丟臉，所以沒有和她們打招呼就轉身離開了。

晚上十一點，早已過了熄燈時間，但六年二班的男生房裡，今天仍然熱衷於枕頭戰和聊鬼故事，老師們在十點的巡房過後便沒有再出現。

健太惦記著與美希的約定，顯得有點坐立不安。

「喂！真實。」健太悄聲問隔壁的真實，「如果浮在水面的紅紙真的出現了某個人的名字，該怎麼辦？」

「不怎麼辦。」真實冷冷的回答，視線落在手中的書上。

健太唉聲嘆氣，「今年情人節，我連一顆巧克力都沒收到，紅紙上一定不會出現任何名字……啊！不過也有可能發生萬分之一的奇蹟。」

想到這裡，健太的心跳加速，更加忐忑不安。

這時，在老師們聚會的房間裡。

「各位同事，大家玩得盡興嗎？那麼，請容許我濱田典夫，第三次帶頭乾杯！」一頭熱的濱老強迫著其他老師們繼續聚餐，但河合老師因為早上抽籤的戀愛運不好，所以心情低落。

「河合老師。」坐在身旁的大前老師關心的問：「怎麼了？從剛才就沒什麼精神。」

「呃？啊！沒事，只是有點累而已。」河合老師的心臟怦怦跳，以高八度的聲音回答著。

「會累也是正常的。仔細想想，這趟旅行的行程都是河合老師一個人安排的，你今天就好好放鬆吧！」

（哎！大前老師真是的，為什麼對我這麼溫柔？比起占卜結果，眼前大前老師的這份溫柔才是一切。）

「好的！」河合老師的雙頰緋紅，帶著笑容回答。

十一點四十五分，美希偷偷離開被窩，帶著紅紙前往「戀池」。她從後門離開，穿過連接本館與別館間的通道，準備走進中庭。

「哇！」

「啊！」

美希在黑暗中與人相撞而跌倒，撞到她的人牽連到走在一起的另外兩個人，幾個人像骨牌一樣，全都跌坐在地。

「對、對

不起！」

「沒關係！我們才該道歉。」

美希凝神一看，發現面前的是綾、薰還有悠子。

「怎麼搞的？綾，你們也來了？」

「美希？」綾他們各自拿著紅紙準備前往戀池。

「對了！紅紙……」

美希和綾她們的紅紙因為碰撞而散落一地，六張紅紙分散四周。

「這下子分不出哪一張是誰的了。」悠子大驚失色。

「有什麼關係？不都是一樣的紅紙嗎？」美希隨便撿起三張紅紙，

女子三人組也各自拿起一張紅紙，大夥一塊兒前往戀池。

真實和健太已經抵達水池前。

「讓你們久等了。來！拿去，這是你們的。」美希從手裡的三張紅紙中，拿了兩張分別遞給真實和健太。

「咦？真實和健太也一起嗎？好害羞……」綾、薰和悠子意識到真實就在身旁，變得彆扭起來。

位在中庭最後側的「戀池」上有一座太鼓橋，真實、健太、美希、綾、薰和悠子六個人各自拿著一張紅紙，並肩站在橋上看向水池。

「這就是『戀池』啊！」

「看起來是個不怎麼起眼的普通水池嘛……」真實和健太看著眼前的水池說。

這座水池之所以稱為「戀池」，據說是因為旅館的名字和池裡有鯉魚*的緣故。

「快到十二點了。」美希說。

聽到她的聲音，眾人互看彼此，嚥了嚥口水。

「那麼，我們動手吧！」

「預備！」六人齊聲說，同時把手裡的紅紙正面朝下，扔進水池。

「……」

六個人盯著水池屏息凝氣，但紅紙沒有變化，也沒有浮現文字。

「果然只是謠言，還是說……沒有人暗戀我們？」薰喃喃自語。

原本盯著水池的美希突然指向某處大喊：「你們快看！」

眾人紛紛看向美希指的方向。

*鯉魚：日文中，鯉（こい）和戀（こい）的發音一樣。

「啊！」

「紙上出現文字了！」

漂浮在池面的六張紅紙當中，五張沒有任何變化，唯有一張浮現出文字。

「咦？什麼、什麼？紙上好像寫著什麼？」

一開始，文字的顏色很淡，無法看清楚上面的內容，不過文字的顏色漸漸變深，浮現出四個字。

「謎……野……真……實……」

「謎野真實！」

「難道……」眾人忍不住互看彼此。

「有名字浮現，就表示真實喜歡扔下這張紙的人，對吧？」

謎野
真實

「咦？誰？誰？這張紅紙是誰扔的？」

「呃？扔下那張紙的人，是我……」

女孩們正在騷動，只聽到健太戰戰兢兢的回答。

「健太！」

面對這意想不到的發展，眾人一臉驚訝的看著健太。

「也就是說，真實……喜歡健太？」

在場人士一片錯愕，美希卻露出不懷好意的笑容，「果然是這樣。」

這次美希找上真實和健太，並提議驗證戀池傳說，真正的目的就是為了釐清兩人間的關係。

（果真不出我所料，這兩人就是以愛為名結合的福爾摩斯和華生*，太完美了！）

美希陷入自己的妄想中，身旁的三個女生卻茫然若失的嘆息著。

「所有六年級女生都暗戀的真實……」

聽到這句話，健太傻呼呼的笑著說：「哦？真實，你好厲害，這麼有女人緣。」

綾、薰和悠子狠狠瞪向健太，「既然如此，真實心儀的健太，自然就是全體六年級女生的公敵。」說完，三人轉頭離開。

健太瞠目結舌，「怎麼會這樣……怎、怎麼辦？我很高興真實喜歡我，可是我不想與全體女生為敵啊！」

真實忍不住開口低斥倉皇失措的健太：「你也相信這是某種神祕現象嗎？」

「紙上一開始沒有寫任何東西，只是一張紅紙，不是嗎？扔進池裡

*福爾摩斯和華生：華生是名醫生，也是名偵探夏洛克・福爾摩斯的得力助手，比福爾摩斯大兩歲。催生出這套知名推理小說的作者亞瑟・柯南・道爾原本也是個醫生。

一會兒後，就冒出文字……」健太一邊說著，突然想起似乎在哪裡見過類似的景象。

「這麼說來……貴船神社的水占卜籤紙！難不成這個與籤紙的原理一樣？」

「你說對了。」真實說。

「水中顯影的隱形字不需要什麼特殊的技術，使用唾手可得的明礬*、清除指甲油的去光水都能辦到。這次在水池發生的現象，是有人從貴船神社的水占卜中得到靈感而巧妙安排的詭計。」

「水占卜籤紙是什麼？」

聽到美希的疑問，健太得意的把早上在貴船神社發生的事告訴她。

「竟然有那種籤紙。這麼說來……」感到佩服的美希，說出稍早與綾她們撞在一起的事。

「當時紅紙散落一地，根本分不清哪一張是誰的。該不會其中一張早就寫好了隱形字，刻意要讓紅紙浮現真實的名字吧？」

「看來是這麼一回事。在紅紙上寫下隱形字的人，就是山田綾、鈴木薰和田中悠子這三人其中一個。她們之中，誰帶了或買了明礬、去光水嗎？」真實問。

「我也不清楚。」美希回答，接著又補充說：「不過她們在禮品店買了奇怪的東西。」

「奇怪的東西？」

「綾買了砂糖，薰買了橘子，悠子則買了香皂。東西本身不奇怪，奇怪的是，這些東西根本沒必要特地在校外旅行時購買。」

*明礬：在規定的範圍內，可當作食品添加物，也具有抑制流汗與體味的效果。

「原來如此。」

真實伸出食指推了推眼鏡，撥開輕柔的頭髮，說：「我已經知道動手腳的是誰了，提示就在她們買的物品中。」

與水占卜的籤紙一樣，和紙張吸收水分的多寡有關。

解謎篇

「誰？動手腳的人是誰？該不會是買橘子的薰？」

「不對！我猜是綾，橘子可以直接吃掉，可是買砂糖沒有意義吧？拿來當伴手禮也很怪。」

見到健太和美希兩人各說各話，真實說：「兩個都不是。橘子汁和糖水可以用在火烤顯影的隱形字，但無法用於水中顯影的隱形字。」

「所以，動手腳的是……買了香皂的悠子？」

「用消去法來看，只有可能是她。」

「就是這麼回事。」真實解釋說：「香皂容易與水結合，緊緊抓住汙垢，讓汙垢溶入水中而脫落。在紅紙上用香皂寫字或畫圖，再放進水中，沾有香皂的部分吸收水分的多寡和其他部分不同，紙張顏色產生濃淡的對比，就會浮現預先寫好的文字或圖畫。」

「真實果然厲害。」健太對完美破解謎團的真實投以尊敬的目光。

但是真實的表情卻帶著憂鬱，「事實上，還有一件事我完全沒有頭緒。」

「咦？真實也有想不出答案的時候？」

「為什麼悠子要特地動手腳，讓紅紙浮現我的名字？做這種事，她能得到什麼好處？」真實百思不解。

「真實，你雖然很懂科學，卻一點也不懂女人心。」美希沒好氣的嘆息。

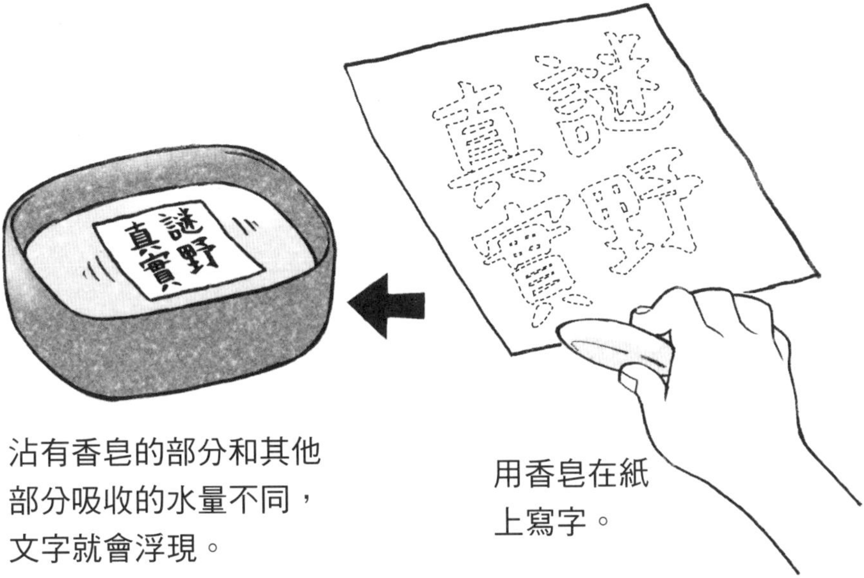

沾有香皂的部分和其他部分吸收的水量不同，文字就會浮現。

用香皂在紙上寫字。

回到房間的美希偷偷找悠子確認真相。

果然如真實推理的，就是悠子用香皂在紅紙上寫下真實的名字。

悠子聽去年參加校外旅行的姊姊提過，所以知道水占卜的籤紙，也知道水中顯影的隱形字。

「我想要和真實傳緋聞。我以為這樣做，真實就會注意到我……美希，怎麼辦？我丟臉到不想去上學了。」

「不要緊。真實識破的只有詭

計，對於你的心意，他完全沒發現。」美希安慰著情緒低落的悠子。

「太好了。」悠子露出安心的微笑。

（話說回來，會喜歡那種不解風情的木頭*，悠子的品味真怪。）

隔天是校外旅行的最後一天。

真實走出旅館正準備走上遊覽車，卻突然停下腳步。他注意到悠子站在另一輛遊覽車前，目不轉睛的看著這裡。

「早。」真實主動開口。

悠子的臉迅速漲紅，帶著僵硬的笑容回答：「早、早安！」說完，帶著好心情，上了遊覽車。

*不解風情的木頭：形容對於別人的心意不夠敏銳的人。

5

SCIENCE TRICK DATA FILE

科學詭計檔案

浮現的文字

試著使用漱口水和片栗粉（馬鈴薯澱粉）來挑戰「水中顯影的隱形字」吧！這個方法是利用片栗粉中的澱粉與漱口水中的碘結合後，就會變成藍紫色的特性，這種特性也常用於調查食品中是否含有澱粉。

【挑戰做實驗】

準備材料：水、片栗粉（馬鈴薯澱粉）、練習毛筆字使用的棉宣紙（或烘焙紙）、漱口水（需含有碘）。

①片栗粉加水溶解後，放入微波爐加熱（稍微加熱即可，不用加熱到沸騰）。

謎
野

②用毛筆沾放涼的片栗粉液在棉宣紙上書寫或畫圖，再晾乾至看不見字跡。

謎
野

③把棉宣紙浸入加有漱口水的水裡，藍紫色的文字或圖畫就會浮現。

※筆記本的紙和影印紙中都含有澱粉，如果使用這些紙來做實驗，整張紙都會變成藍紫色，無法成功顯現文字。

A：這裡介紹的是用漱口水製造出隱形字。

照片之謎

受詛咒的校外旅行6

事件篇

校外旅行的最後一天，花森小學的學生們來到名產店。

「好了！各位，你們有一個小時的時間購買伴手禮。」大前老師說完，學生們在店內解散，分頭採購。

買完伴手禮後，就要搭上遊覽車準備回家了。

「提到這裡的伴手禮，還是少不了八橋*、甜饅頭和煎餅。啊！還得買最中*。」

「美希，你怎麼都買吃的？」

「你這樣質問我，你又買了什麼？」

「當然是要買這個！」自信滿滿的健太亮出京都府造型的鑰匙圈。

「你的品味真不好。」

「什麼意思？每次旅行，我都會買這樣的鑰匙圈。我的夢想是集滿日本四十七個都道府縣，完成日本地圖。」

「是喔……」美希無奈的回應。

這時，健太注意到獨自坐在角落長椅的真實，他目不轉睛的看著校長轉交給他的照片。

（真實還是沒有查出照片上的地點……）

*八橋：日本京都具代表性的點心之一。將穀粉、砂糖和肉桂粉混合後先蒸後烤，口感酥脆；若只蒸不烤，彈牙的口感類似麻糬，則被稱為「生八橋」。

*最中：源於日本平安時代的皇宮御用點心。餅殼由糯米製成，通常夾有紅豆餡。

照片的背景滿是盛開的櫻花，夜空中幾顆星星閃耀著，真實的父親謎野快明就站在櫻花樹前。

（這應該是叫他去某個可以看到櫻花的地方吧？我記得照片裡還出現了小吃攤和遊客……）

有攤販，表示那裡是觀光客經常造訪的地方嗎？

（可是這種場景到處都有，怎麼知道那是哪裡？）

健太很擔心真實，於是走到他的身邊。

「這個給你。」健太遞給真實的是京都府造型的鑰匙圈。

「你快去買些伴手禮吧！逛逛也是一種樂趣。」

「不了，我對這種事……」

「如果你不喜歡鑰匙圈，那金閣寺的擺飾怎麼樣？啊！還有《京都星空圖鑑》。真實，你應該喜歡這類書吧？」健太順手拿起放在架子上的圖鑑。

「你看！多漂亮的星空。」

「的確很美，不過我對那也……」

「別說這種話嘛！我們一起去挑些伴手禮，我知道你在煩惱照片的事，但實在不想看到你那麼沮喪。」

「健太……好吧！」真實站起身，決定走向伴手禮專區，一個不小心，手中的照片掉在地上。

「哎呀！咦？」健太撿起照片看了看。

「小吃攤旁邊的人，他手裡拿著……」

「怎麼了？健太。」

健太把手伸進背包，拿出一個捲著的物品，那是健太已經看過一百遍以上的《京都觀光手冊》。

「啊？」真實將觀光手冊拿過來，比對照片裡站在小吃攤旁，遊客手裡的那一本。

「一樣的……」

遊客手裡握著的是與健太一樣的《京都觀光手冊》。

「所以這張照片是在京都拍的？」

「應該沒錯。」

真實看了一眼牆上的時鐘，「只剩下三十分鐘，就要上遊覽車了。」

「三十分鐘來得及找出這張照片是在京都哪裡拍的嗎？」

「很困難，畢竟櫻花盛開的地點多到數不完。」真實面露不甘心，不自覺低下頭。

「嗯？」真實的視線停留在健太剛剛擺放在長椅上的《京都星空圖鑑》，書頁正好翻開在不同季節的星空介紹。

京都
KYOTO
觀光手冊
私房景點
古都漫步
從寺院巡禮到
美食甜點

「這是……」真實的手抵在脣邊，看著圖鑑上的星空。
「怎麼了？真實。」
「照片給我一下。」

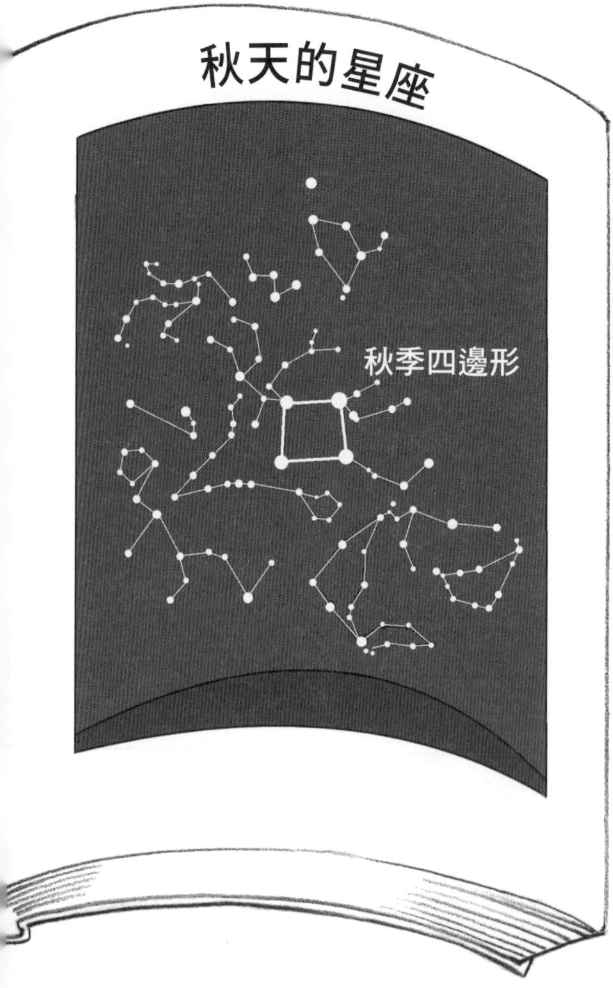

「咦？啊！嗯。」健太把照片遮過去，真實盯著照片，像是要把照片看穿一樣。

「原來如此，原來是這麼一回事。看來是我們一直把照片的季節搞錯了。」

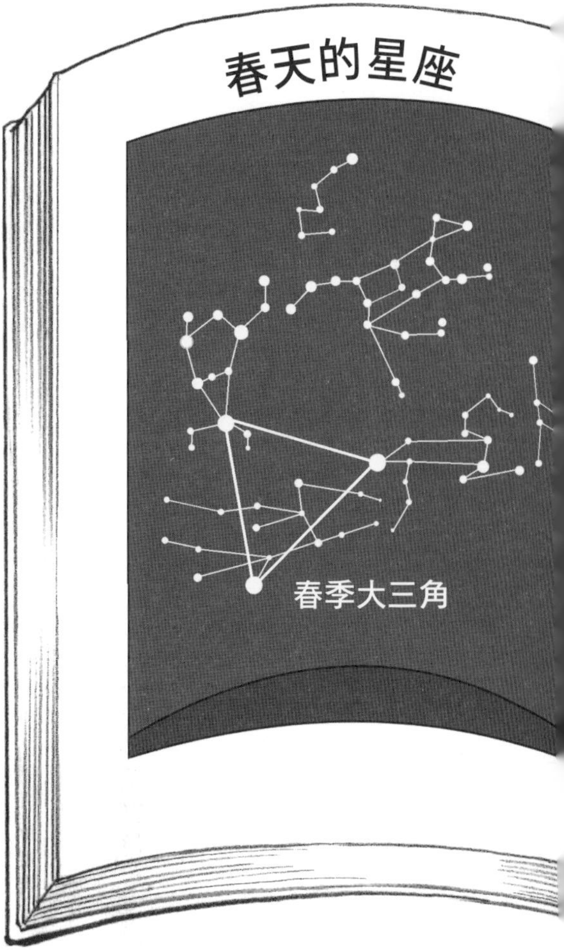

「什麼意思？這不是在春天拍的嗎？」

「答案就在這本圖鑑裡。」

「圖鑑？」

真實為什麼會說搞錯季節了呢？

解謎篇

健太不斷來回比對照片和圖鑑，「照片裡也拍到了星星，但看起來並沒有什麼奇怪之處，不是嗎？」

「健太，單獨看一個點是找不出答案的，必須把點連成線，也就是把星星和星星連起來。」真實說。

「連成線的話……我看看，啊！變成星座，原來是這樣，我懂了。」

健太手指著圖鑑上的「秋天的星座」說：「這一頁的星空，和照片裡拍到的夜空一樣。」

「沒錯！這是由仙女座和飛

馬座構成的『秋季四邊形』。」

「可是你剛剛為什麼說季節搞錯了呢？」

「你還不明白嗎？這張照片的季節是『秋天』，為什麼我們會一直以為是『春天』呢？」

「啊！」健太注視著照片裡盛開的櫻花，「秋天？那為什麼櫻花會盛開？既然櫻花盛開，表示這張照片是在春天拍的吧？但是夜空為什麼會出現秋天的星座？是用了什麼特殊的技法嗎？」

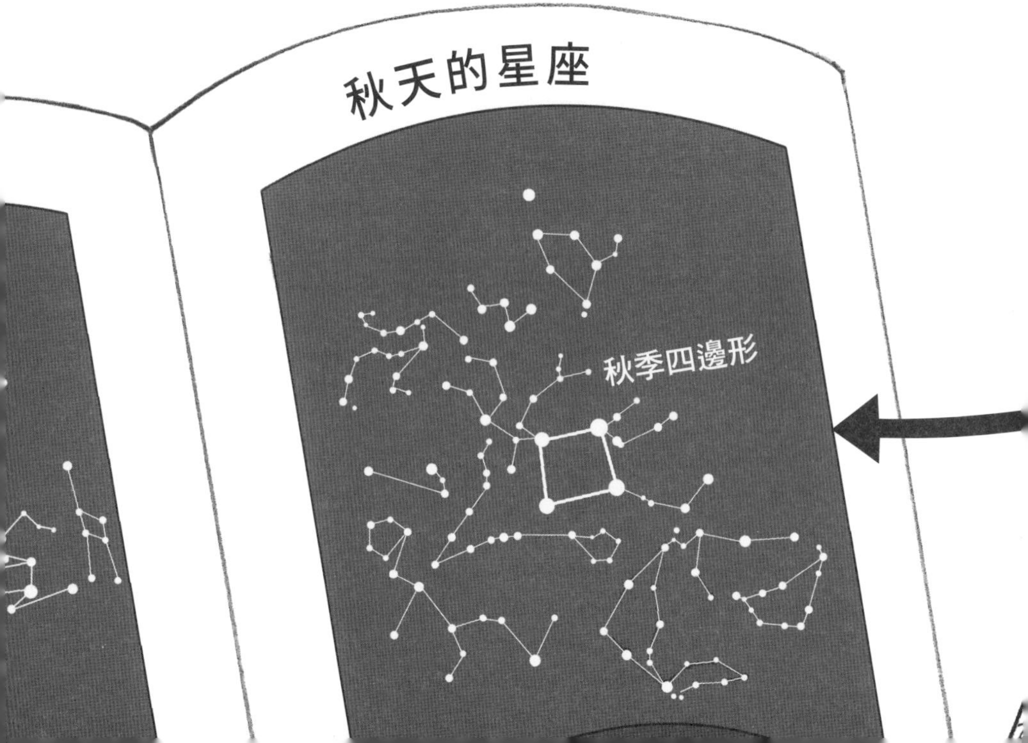

真實搖搖頭。

「沒有任何技法。照片裡的星空和櫻花，就是說明這個地點的重要提示。」

「那到底是哪裡？」

「健太，你喜歡賞櫻嗎？」

「嗯，很喜歡。今年也和家人去附近的公園賞櫻呢！」

「是嗎？那等一下要不要再去賞個櫻花？」

「等一下？現在是秋天，怎麼可能還有櫻花？」健太愣了一下，「難道有秋天盛開的櫻花？」

真實點點頭，「你說對了。這張照片裡的櫻花，正是秋天盛開的品種。櫻花一般給人的印象是在『春天』開花，但像是十月櫻、四季櫻和子福櫻這些櫻花，卻是在『秋天』開花。」

「秋天綻放的櫻花！我真是孤陋寡聞。」

「我雖然也有這方面的知識，然而一開始看到照片時，卻完全沒有注意到。如果不是看到夜空中的秋天星座，或許永遠都不會發現。」

「你的父親該不會是故意和櫻花、夜空一起拍照的吧？」

「應該是。」

「為什麼要特地拍下這樣的照片？」

「我也不清楚。不過去了那裡，應該就能找到原因了。」真實凝視著照片，「他或許預料到，當我轉學到花森小學後，就會前往京都進行校外旅行。照片裡遊客手中的《京都觀光手冊》和小吃攤，都是提示的一部分。」

「在秋天盛開的櫻花，應該不那麼常見吧？」

「嗯，數量有限。」

「所以要找出這個地點，也不是不可能？」

「是的。」

「太好了！只要找到這裡，應該就可以解開謎團，知道真實的父親為什麼要留下這張照片了。」健太興奮不已。

但真實卻接著說：「可是已經來不及了。如果早一點發現，我們就有足夠的時間去找在秋天綻放的櫻花……」

同學們買完伴手禮，就要搭上遊覽車準備回家了，要在這麼短的時間內找到照片中的地點，怎麼想都不可能。

「好不容易就要找出照片中的地點了。」健太不甘心的說。

「你們需要的情報，我有！」健太和真實的背後，突然有人對他們說話，回頭一看，站在那裡的是美希。

「我聽到你們的對話了，原來那張照片裡藏著謎團。」

「美希，你說『情報』是什麼意思？」

「你也不想想我是誰，我可是新聞社的社長青井美希！你以為我會完全沒做功課，就跑來京都嗎？」美希從包包裡拿出某樣東西。

「啊！那是……」

健太馬上知道美希手中的是什麼，「《京都觀光手冊》！我已經讀過

一百遍以上了。」

「一百遍？你想得太簡單了，我可是讀過一千遍呢！」美希揚起下巴，得意的說。

「什麼！」

「不僅如此——」美希又從包包裡拿出其他幾本書，「《京都觀光手冊2》、《京都觀光手冊3》，再加上《極機密・京都觀光手冊》，這些我全都一字不漏的看過。」

「居然整個系列都看完了！」

「就像櫻花有很多不同的種類，《京都觀光手冊》也一樣。」美希翻開《極機密・京都觀光手冊》的某一頁，「你們看這則報導。」

美希指著那頁角落的「私房資訊」，標題斗大的寫著「櫻花，秋天也會盛開？」

「這是……」真實盯著文章猛瞧。

「對！這篇報導就是真實你想要找的『秋天盛開的櫻花』。」美希肯定的說。

報導中提到，某間神社附近就有在秋天盛開的櫻花。

「那間神社還是著名的締結良緣景點。」健太看著報導說。

「是的。而且那間神社就在這附近，徒步就能走到的地方。」

聽到這句話，真實抬起頭。

「我不太確定這是不是你那張照片拍攝的地點，不過既然有神社就有觀光客，也會有小吃攤吧？你們不覺得值得去一探究竟嗎？」美希提出邀約。

真實同意的點點頭，「嗯，我們去現場看看，就知道是不是照片中的地點了。」

真實、健太和美希一起來到神社。

「我記得報導裡的櫻花樹，就在神社附近。」

三人東張西望，努力尋找。

「啊！那個！」健太突然大叫。

「找到櫻花樹了嗎？」

「在哪裡？」

「不……不是，你們看那邊。」健太指著神社的方向，那兒站著一個熟悉的身影。

竟然是河合老師。

「河合老師為什麼在這裡？」

「我也不清楚。真實，老師會和照片之謎有關嗎？」

「難道河合老師她……」

真實他們躲進暗處，偷偷觀察河合老師，只看到她站在香油錢箱前喃喃自語：「請保佑我能夠與……老師兩情相悅。請保佑我能夠與……老師兩情相悅……」河合老師雙手合十，重複這句話好幾次。

「老師說了什麼？」

「她說保佑她能和某人兩情相悅，不過那個人的名字說得太小聲，我只聽到是某某老師。」

「原來如此……」真實小聲的嘆息。

「看樣子河合老師只是來這間神社祈求姻緣，畢竟這裡是締結良緣出名的景點。」

香油錢箱的那頭就是神社的正殿，河合老師對著正殿供奉的神明訴說著願望。

「所以河合老師與照片之謎無關？」健太問。

「一點關係都沒有。」真實回答著。

過了一會兒，河合老師終於離開神社。

「老師的對象是誰呢？真令人好奇。」

「我也很好奇，但現在沒空管那些。」

「只剩下十五分鐘，就得集合了。」

「我們必須快點找到櫻花。」

真實他們環顧神社四周，依舊找不到報導中的那棵櫻花樹。

「為什麼？報導裡的確說這裡有秋天盛開的櫻花啊！」美希著急的說。

此時，吹來一陣風，有些東西翩然飛落在真實的手上，那是櫻花的花瓣。

真實抬起頭，望向不遠的前方，馬路那頭停著一輛卡車。

「之所以沒有看見櫻花樹，或許是因為我們站的位置不對。」真實突然跑了起來。

「真實？等等我們！」健太和美希也一頭霧水的跟著向前跑。

真實跑過馬路，在卡車旁停下。

「真實，怎麼了？」

「一聲不響的就往前衝，一點兒都不像你。」美希大口的喘著氣。

「啊！」緊追在後的健太看到眼前的光景，忍不住驚呼。

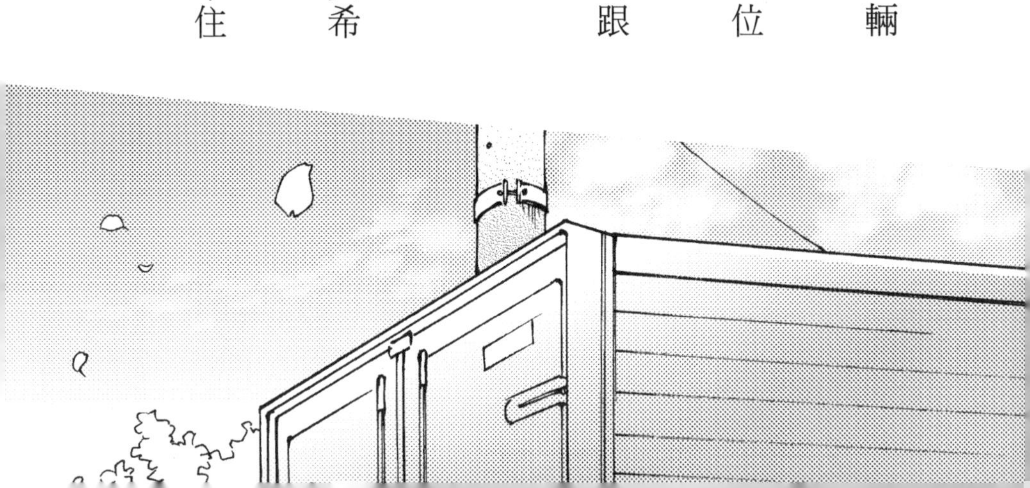

卡車的另一側就是盛開的櫻花樹。

「因為這輛卡車停在這裡，所以無論我們剛才怎麼找，都看不到櫻花。」真實說。

「原來是這麼一回事。」

櫻花樹旁的小吃攤賣著黑輪，真實拿出照片，一一比對著此刻眼前的景色。

「沒錯！照片裡的地點就是這裡。」

他們終於找到照片拍攝地。

「可是，這裡有什麼呢？」

「一定有些什麼！父親為了讓我找到它們，才會特地在這裡拍下這張照片。」

真實拚命搜尋，想要找到線索，一分一毫他都不想放過，健太和美

希也一起幫忙。

正在小吃攤忙進忙出準備食材的大叔看到他們，說：「你該不會是真實吧？」

「對！我叫謎野真實。」

「沒想到你真的會來。」

儘管大叔對眼前的三人感到訝異，還是轉身從櫃子拿出某樣東西，走到他們身邊。

「一年前，一位姓謎野的先生來到我的攤子，他自稱是你的父親，交給我一封信請我保管。他說：『如果我的兒子真實找來這裡，請代我把這封信轉交給他。』」

大叔把手中的信遞給真實。

「上面寫了什麼？」

「也讓我看看。」

健太和美希湊了過來。

真實看著那封信。

真實，你能夠找到這裡，實在是了不起。

我一直認為，如果是你，一定能夠憑著星空、櫻花、小吃攤，以及觀光客拿著的書找到這個地方。

當你讀到這封信時，表示我已經失蹤了。

事實上，我被某個人盯上，假如我真的失蹤，不用懷疑，就是那個人抓住了我。

你能順利的找到這裡，證明你擁有敏銳的推理能力，是個能獨當一面的偵探。

所以，拜託你，想辦法來救我。
只要保持冷靜，展現你清晰的思路和嚴謹的推理能力，一定能夠找到我。
但是千萬要小心。
盯上我的那個人，也是你很熟悉的人。
所以，別相信任何人，只要相信自己的推理能力。
真實，我相信你一定可以做到。
拜託你了！

謎野快明

「這封信的意思是，真實的父親被人抓走了？」美希對於信中透露的訊息感到有點害怕。

「那麼，島上的居民一夕消失，也是……」健太突然想起真實父親之前在追蹤的事件。

「那件事或許和抓走我父親的人有關。」真實努力想把得到的線索串在一起。

健太和美希吞了吞口水。

真實一臉嚴肅的看向兩人。

「我一定要找到我父親！不管抓他的人是誰，我都得去。」真實的語氣中帶有奮力一搏的決心。

「真實……」

健太和美希深刻的明白，真實是不可能放著父親被抓走的事實而不管的。

「既然如此，讓我來幫你。」

健太身為真實的朋友，怎麼能讓真實一個人獨自面對。

「我也要幫忙！身為新聞社的社長，我想知道真相。」

「挖掘新聞，揭發真相」一向是美希的使命。

「健太、美希……」

「只要我們齊心合力，一定能找到你父親。」美希充滿信心，微笑著對真實說。

抓走真實父親的人究竟是誰？是真實也很熟悉的人，他的真面目是……

「健太、美希，我們該回去了。信上寫著要我別相信任何人，但我想你們應該值得信任。至於要怎麼找到我父親，再讓我好好想想吧！」

真實打起精神說。

不等真實說完，健太和美希同意的點點頭。

（待續）

6

SCIENCE TRICK DATA FILE

科學詭計檔案

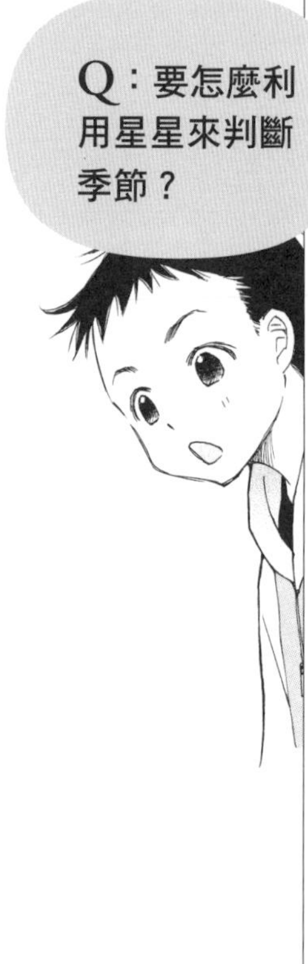

觀看星星，分辨季節

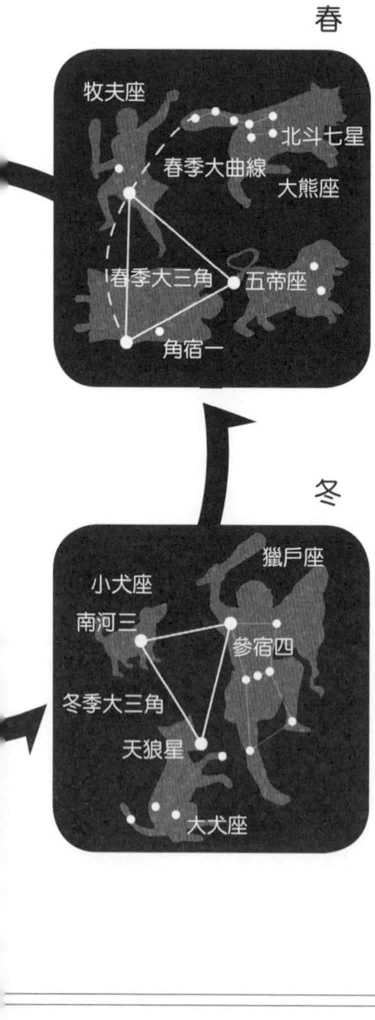

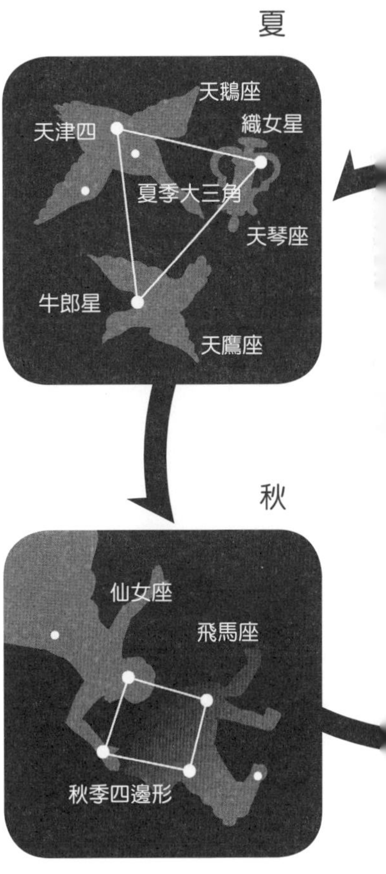

不同季節可以觀看到的星星都不同，右圖是各個季節最具代表性的星空樣貌。

實際眺望夜空時，可以依據圖中最亮的那幾顆星星和容易記住的星座，當作參考標準。

號外

花森新聞報

花森小學
新聞社發行

責任編輯
青井美希

京都住宿
美龍仙旅館

獨家報導 揭開謎野真實的三個謎團

解開禁忌！

謎野真實的私生活令人好奇。深入探訪、挖掘出關於他的三個謎團？

謎團1：曾經長期住在國外？

謎野真實進入公共浴池時身著泳衣、睡覺時戴著帽子，在旅館用餐時還會自備餐墊……這些似乎都是外國人的習慣，難道他曾經在國外住過很長的一段時間嗎？

謎團2：具有驚人的體力！

體育課時，謎野真實可以不動就盡量不動，但聽說打枕頭戰時，卻能俐落的躲過枕頭攻擊。記者敢說：「謎野真實不只是頭腦聰明，運動神經也超群絕倫。」

謎團3：為什麼是宮下健太？

眼前最大的謎團──學校第一紅人謎野真實，不曉得為什麼會和毫不起眼的宮下健太成為好友。

詢問宮下健太本人，得到的回答竟是「或許因為我們兩人都喜歡豆沙吧？」這樣牛頭不對馬嘴的答案。

破解畫框後的符咒之謎！

校外旅行住宿的美龍仙旅館，畫框後的符咒令人恐懼。根據本報記者實地請教旅館人員，得知擺放符咒是為了保佑客人旅途平安，才會放置在每個房間。

預告 全新都市傳說

花森小學陸續出現上課遲到、睡眠不足的學生，據說全都是因為一個都市傳說：半夜十二點整，一個出現在影音網站的未來人？他究竟是誰？

作者

佐東綠

編劇、作家。擔任編劇的作品有動畫《海螺小姐》、《與凱蒂貓一起玩！一起學！》等；小說作品有「恐怖收藏家」系列《謎新聞未來時代》等。（撰寫本書序章和第6章，發想第2章原案）

石川北二

導演、編劇。擔任編劇的作品有電影《假髮》（共同編劇）、《火柴少女》等；《戀愛情結》為擔任導演的代表作。（撰寫本書第3章和第4章）

木滝理真

編劇、作家。擔任編劇的作品有電視劇《念力家族》、《真實的恐怖故事》，以及動畫《光之美少女》等；《世界奇妙物語：電視小說化——恐怖的起點篇》為其小說代表作。（撰寫本書第1章和第5章，發想第2章原案）

田中智章

導演、編劇。擔任編劇的作品有動畫《哆啦A夢》、電影《幻花之戀》等；電影《放學後的筆記本》和《幻化成花》等為擔任導演的代表作。（撰寫本書第2章）

繪者

木木（KIKI）

漫畫家、插畫家。代表作有「魔法人西德&利德」系列《傳奇變奏曲》、《魔法變奏曲》（東立出版）、「1／2奇幻雙胞胎」系列（台灣東販）、「Love me tender 溫柔的愛我」系列（長鴻出版社）等。官方網站：http://www.kikihouse.com/

翻譯

黃薇嬪

東吳大學日文系畢業。大一開始接稿翻譯，至今已超過二十年。兢兢業業經營譯者路，期許每本譯作都能夠讓讀者流暢閱讀。

審訂

盧俊良

宜蘭縣岳明國小自然科教師，也是學生口中的「阿魯米」老師。擅長透過遊戲讓科學原理具象化，把複雜的科學觀念以淺顯易懂的方式傳達。期望透過做中學，激發孩子對科學的學習興趣。（FB粉絲專頁：阿魯米玩科學）

書籍設計／美術總監：辻中浩一、吉田帆波（Oeuf）

預　告

科學偵探 謎野真實03

科學偵探vs.魔界都市傳說

半夜十二點，

影音網站出現一名神祕人物。

「我是未來人，我將預言接下來會發生的恐怖事件。」

死亡的旋律、計程車上的女鬼、人面犬、八尺鬼……

一如預言所云，這些都市傳說居然在花森町真實上演。

「謎野真實，你能阻止這些恐怖事件嗎？」

謎野真實與未來人的戰爭，即將展開！

主要參考文獻：
「新編新理科」系列3～6（東京書籍）／《Kidspedia科學館》日本科學未來館、筑波大學附屬小學理科部審訂（小學館）／《KAGAKURU週刊》改訂版1～50期（朝日新聞出版）／《KAGAKURU週刊》PLUS改訂版1～50期（朝日新聞出版）／《小諾諾的DO科學》（朝日新聞社https://www.asahi.com/shimbun/nie/tamate）
※書中出現的鬼心寺與旅館純屬虛構。

動小說
科學偵探謎野真實 02：科學偵探 vs. 受詛咒的校外旅行
作者：佐東綠、石川北二、木滝理真、田中智章｜繪者：木木（KIKI）
監修：金子丈夫（日本筑波大學附屬中學前副校長）
正文插圖：細雪純｜專欄插圖：佐藤MANAKA
書籍設計、美術總監：辻中浩一、吉田帆波（Oeuf）
翻譯：黃薇嬪｜審訂：盧俊良（自然科教師）

總編輯：鄭如瑤｜文字編輯：姜如卉｜美術編輯：張簡至真｜行銷主任：塗幸儀
社長：郭重興｜發行人兼出版總監：曾大福
業務平臺總經理：李雪麗｜業務平臺副總經理：李復民
海外業務協理：張鑫峰｜特販業務協理：陳綺瑩｜實體業務經理：林詩富
印務經理：黃禮賢｜印務主任：李孟儒
出版與發行：小熊出版・遠足文化事業股份有限公司
地址：231新北市新店區民權路108-2號9樓｜電話：02-22181417｜傳真：02-86671851
客服專線：0800-221029｜客服信箱：service@bookrep.com.tw
劃撥帳號：19504465｜戶名：遠足文化事業股份有限公司
Facebook：小熊出版｜E-mail：littlebear@bookrep.com.tw
讀書共和國出版集團網路書店：http://www.bookrep.com.tw
團體訂購請洽業務部 02-22181417 分機1132、1520
法律顧問：華洋法律事務所／蘇文生律師
印製：天浚有限公司
初版一刷：2020年8月｜初版十刷：2022年7月
定價：350元｜ISBN：978-986-5503-70-3

國家圖書館出版品預行編目（CIP）資料

科學偵探謎野真實 02, 科學偵探 vs. 受詛咒的校外旅行 / 佐東綠等著 ; 木木(KIKI)繪 ; 黃薇嬪譯 . -- 初版 . -- 新北市 : 小熊出版 : 遠足文化發行 , 2020.08
256 面 ; 21×14.8 公分 . --（動小說）
ISBN 978-986-5503-70-3（平裝）
861.596　　109009819

小熊出版官方網頁　小熊出版讀者回函

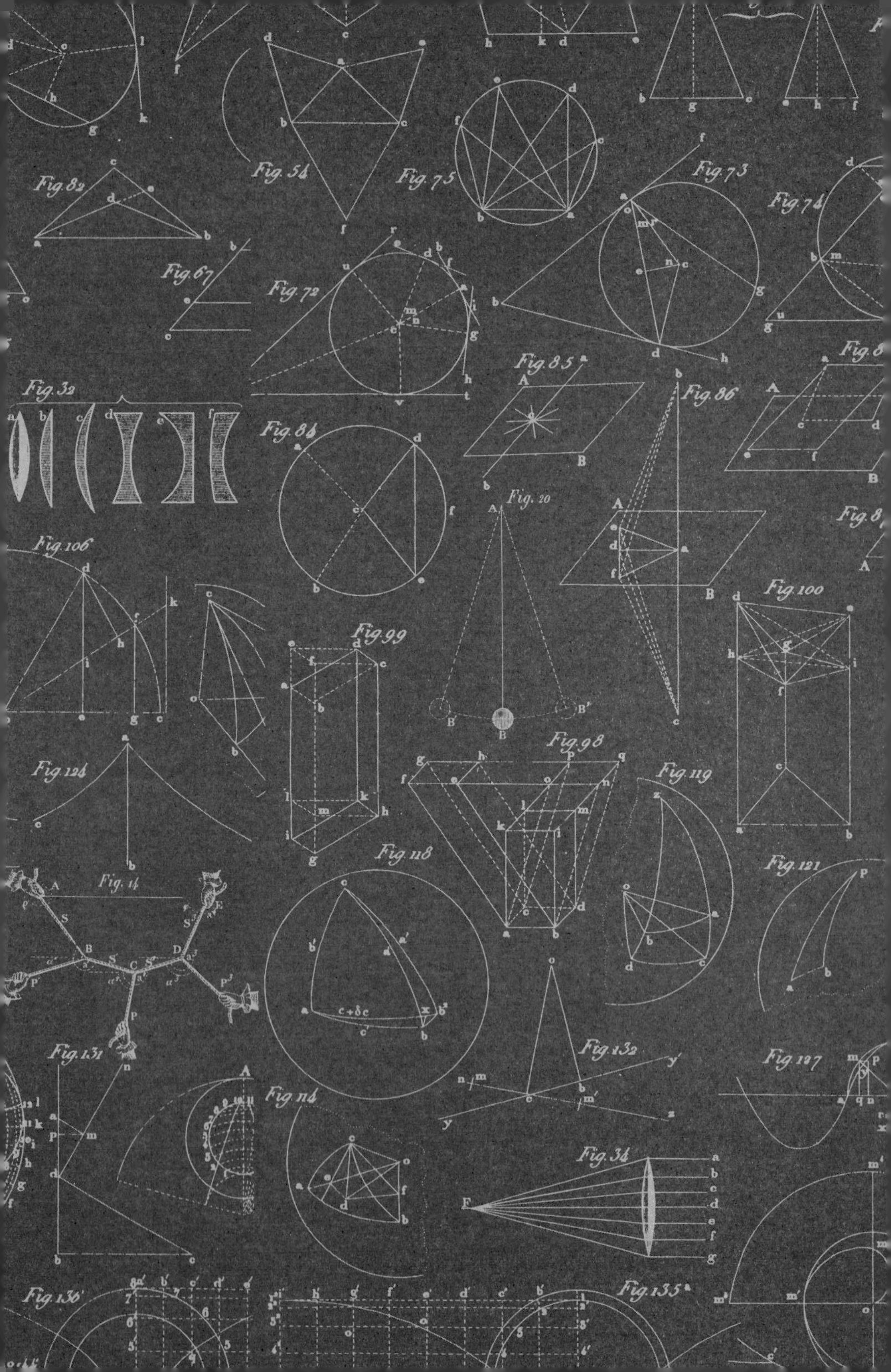
Fig. 82
Fig. 54
Fig. 75
Fig. 73
Fig. 74
Fig. 67
Fig. 72
Fig. 85
Fig. 86
Fig. 32
Fig. 84
Fig. 20
Fig. 106
Fig. 99
Fig. 100
Fig. 98
Fig. 124
Fig. 119
Fig. 118
Fig. 14
Fig. 121
Fig. 131
Fig. 132
Fig. 127
Fig. 114
Fig. 34
Fig. 136
Fig. 135